Verlag: BoD · Books on Demand GmbH,
Überseering 33, 22297 Hamburg, bod@bod.de
Druck: Libri Plureos GmbH, Friedensallee 273,
22763 Hamburg
ISBN: 978-3-8192-4503-9

Fragments of a Fading Mind

Zwischen Wahn und Wirklichkeit

Samina Rheinsberg

Vielen Dank, dass du dir die Zeit nimmst, mein Buch zu lesen. Dieses Werk behandelt einige ernste und möglicherweise verstörende Themen, darunter:

- Selbstmord
- Verzweiflung
- Schwere Halluzinationen

Für manche Leser könnten diese Inhalte belastend oder auslösende Erinnerungen hervorrufen. Falls du merkst, dass dich diese Themen emotional stark beeinflussen, empfehle ich dir, das Buch nicht weiterzulesen oder dir Unterstützung zu suchen. Wenn du oder jemand den du kennst, der mit den vorherigen Themen bezugnehmen kann, rede mit einem Erwachsenen oder wende dich an Not- Hotlines. Reden hilft.

Außerdem möchte ich betonen, dass ich kein Experte für psychische Erkrankungen bin und kein tiefgehendes Fachwissen in diesem Bereich habe. Die Darstellung dieser Themen basiert auf meiner eigenen Wahrnehmung und Recherche

Prolog

Ich hob den Blick zum Himmel und schloss die Augen. Der Regen prasselte auf mein Gesicht, vermischte sich mit der einen Träne, die lautlos über meine Wange lief. *Was mache ich nur hier?* Die Frage hallte in meinem Kopf wider, ohne eine Antwort zu finden. Ich wusste nicht, was ich tun sollte. Gehen? Nein. Ich konnte Katlynn nicht einfach alleine lassen. Bleiben? Vielleicht. Hatte ich überhaupt eine andere Wahl?

„Verdammt, wo bist du, Emilio?!" Mein Schrei zerriss die regennasse Nacht, doch er verhallte ungehört. Meine Stimme brach, als ich flüsternd wiederholte: „Wo bist du?" Meine Knie gaben nach, und ich sank auf den nassen Boden. In diesem Moment war mir alles egal. Wer mich sah, wer mich hörte – es spielte keine Rolle mehr.

Ich hatte alles. Alles, wovon ich jemals geträumt hatte. Und jetzt? Nichts mehr. Ich hatte das Wertvollste verloren. Alles, was mir blieb, war ein Schatten, eine Erinnerung – *sein* Geist. Ich hatte dich... *alles an dir*. Und jetzt? Jetzt habe ich gar nichts mehr.

Kapitel 1

Emilio & Beth

Liebes Tagebuch,

Ich kann nicht mehr. Es ist alles zu viel.

-Emilio

Das Licht des Theaters warf lange Schatten auf die leeren Sitzreihen, während ich mich geduckt hinter einer der hölzernen Balustraden versteckte. Mein Herz schlug heftig in meiner Brust, nicht nur vor Aufregung, sondern auch aus Angst, entdeckt zu werden. Ich wusste genau, dass ich hier nicht sein sollte. Aber das war mir egal. Draußen, in der Welt jenseits dieser Bühne, war mein Leben vorhersehbar. Graue Tage reihten sich aneinander, durchzogen von den abgenutzten Stimmen meiner Großeltern, die mir immer wieder einredeten, ich solle endlich „vernünftig" werden. Theater? Unsinn. Träume? Zeitverschwendung. Doch hier, in diesem abgedunkelten Raum, existierte ein anderer Emilio, einer, der nicht klein und unbedeutend war.

Es war nicht das erste Mal, dass ich mich heimlich in das alte Stadttheater geschlichen hatte. Ich kannte jeden Winkel dieses Gebäudes, die quietschenden Bodenbretter im Foyer, den Riss in der Samtverkleidung der Sitze. Ich war besessen von dieser Welt. Und heute … heute hatte ich eine richtige Aufführung erwischt. Endlich!

„O, sprich erneut, hold Engel! Denn du bist
So glorreich strahlend über mir ..."

Die Worte hallten von der Bühne wider, als der Schauspieler seine Arme in Richtung des Balkons streckte, wo Julia stand. Romeo und Julia. Eines der berühmtesten Stücke der Welt, und doch fühlte es sich an, als würde ich es zum ersten Mal hören. Die Art, wie Romeo sprach (flehend, voller Sehnsucht) ließ etwas in mir aufblühen, das ich nicht erklären konnte.

Ich wollte das. Nicht nur sehen, Nein. Nicht nur fühlen, Nein. Ich wollte es selbst tun.

Gänsehaut lief mir über die Haut, als ich mir vorstellte, wie es wäre, dort oben zu stehen. Die Möglichkeit, für einen Moment jemand anderes zu sein. Ich atmete tief ein und schloss die Augen. *„Doch was ist Liebe? Ein sanfter Hauch, ein Flammentanz, der wärmt und zehrt zugleich ..."* Die Worte kamen leise über meine Lippen, improvisiert, doch voller Bedeutung. Ich wollte nicht dass dies vorbei ist. Es war zu schön. Mein Magen zog sich zusammen als ich

11

jemanden in meine Richtung gehen hörte. Hastig duckte ich mich noch tiefer hinter die Balustrade. „Hey! Wer ist da?"

Zeit zu rennen.

Mit einer flinken Bewegung sprang ich auf und sprintete Richtung Ausgang. Hinter mir hörte ich die schweren Stiefel des Theaterpersonals auf dem Boden dröhnen, aber ich war schneller. Mit einem schnellen Atemzug stieß ich die Hintertür auf, tauchte in die kühle Nacht ein und rannte so schnell ich kann. Mit vollen Emotionen fang ich an zu lachen, zu Träumen. „Doch was ist Liebe?", schrie ich in die Nacht. Ich wusste, dass ich wiederkommen würde. Denn dieser Ort war der einzige, an dem ich mich wirklich lebendig fühlte. Doch schon zwei Wochen sollte es mich anders Treffen.

2 Wochen später.

Ich saß auf dem abgenutzten Sofa im Wohnzimmer meiner Großeltern, während mein Großvater einen Brief in den Händen hielt. Seine faltigen Finger strichen über das Siegel, sein Blick war streng und Angsteinflößend.

„Hermont hat dich angenommen", sagte er schließlich.

Hermont. Eine Akademie mit harter Disziplin. Strenge Regeln. Kein Platz für Träume.

„Ihr … habt mich beworben?" Meine Stimme war leise, aber in mir tobte ein Sturm. Meine Großmutter legte die Hände in den Schoß. „Es ist das Beste für dich, Emilio. Du brauchst Struktur. Diese Schwärmerei fürs Theater bringt dich nicht weiter. Ein gutes Beispiel war deine Mutter, anfangs eine Träumerin, nun Tod." Mein Herz zog sich zusammen. Sie war ihre Tochter, wieso sagte sie das so schroff?

„Ich will nicht dorthin", entgegnete ich. Mein Großvater sah mich scharf an. „Du hast keine Wahl." Die Eintrittskarte in ein neues Leben, aber nicht das, das ich wollte. „Was ist mit der Callie? Haben sie sich schon gemeldet?" Meine Großmutter sah meinem Großvater mit einem Nicken an.

13

„Wir haben den Brief abgefangen." Ich hätte kämpfen können. Ich hätte schreien, diskutieren, fliehen können. Aber wozu? Ich war müde. Müde davon, immer gegen eine Wand zu laufen.

Also nahm ich den Brief. Ich nahm die Uniform. Und ich nahm das Urteil an.

Sicht von Beth.

Und heute, meine lieben Schülerinnen und Schüler, sprechen wir über …"

Mit gespielter Ernsthaftigkeit ließ ich meinen Blick über den Flur der Akademie schweifen, bevor ich dramatisch fortfuhr: „… die Renovierung der Spinde." Ein genervtes Stöhnen ertönte hinter der Kamera. „Ernsthaft, Beth? Niemand interessiert sich für Spinde. Wir brauchen etwas Spannendes, etwas, das für Aufsehen sorgt!" Noahs vorwurfsvoller Blick spiegelte sich im Display meiner Kamera. Ich hob eine Augenbraue. „Ach ja? Und was genau soll das sein? Wir gehen auf die langweiligste Schule der Welt. Hier passiert nichts Aufregendes. Nicht mal die Schultoiletten werden mit Graffiti verschönert, Noah." Ich verschränkte die Arme vor der Brust und sah ihn herausfordernd an.

Noah grinste breit. „Was, wenn wir einfach Gerüchte verbreiten? Wie in diesen alten 90er-Teeniefilmen!"
Ich schüttelte den Kopf und musste trotzdem lachen. Das war so typisch Noah. Seit unserer Kindheit war er immer derjenige mit den verrücktesten Ideen, mutig, neugierig, immer auf der Suche nach dem nächsten Abenteuer. Ich hingegen war eher die Stimme der Vernunft, die ihn davor bewahrte, sich kopfüber ins Chaos zu stürzen. Doch genau das machte unsere Freundschaft aus: Wir ergänzten uns perfekt.

„Hey, Noah!"

Ein junger, athletisch gebauter Typ lief an uns vorbei und schwang eine Sporttasche über die Schulter.

„Hey, Ian." Noah zwinkerte ihm zu. Ich schlug ihm gespielt empört auf den Hinterkopf. „Noah! Du hast eine

Freundin."

Er rieb sich lachend die Stelle, an der ich ihn getroffen hatte. „Beth, bitte! Flirten zählt nicht als Betrügen."

Ich riss ihm die Kamera aus der Hand und schüttelte den Kopf. „Oh mein Gott, du bist unmöglich. Komm jetzt, wir müssen in den Unterricht." „Aber Mr. Cordelia wird wieder ewig über Zellstrukturen reden!" Noah verdrehte die Augen und schlurfte widerwillig hinter mir her.

„Vielleicht wäre es gar nicht so langweilig, wenn du einmal richtig zuhören würdest, anstatt mit deinen Stiften zu spielen oder wahllos Leute anzuflirten." Ich warf ihm einen scharfen Blick zu.

„Aber—"

„Kein Aber. Du kommst mit."

Unsere Akademie war riesig, und doch kannte hier jeder jeden. Während wir durch die Flure liefen, hörte ich Gesprächsfetzen über anstehende Tests, das letzte Footballspiel und natürlich die neuesten Dramen des Tages.

Als ich den Biologieraum betrat, schlug mir der vertraute Geruch von alten Büchern und Desinfektionsmittel entgegen. Große Fenster ließen das Tageslicht herein und gaben den Blick auf den belebten Schulhof frei. Die Sonnenstrahlen erhellten den Raum und warfen lange Schatten auf die metallenen Tische, die in unordentlichen Reihen „angeordnet" waren.

Auf jedem Tisch standen Mikroskope und kleine Reagenzgläser.

Mit der Kamera in der Hand lief ich in Richtung meines Platzes.

„Entschuldigung, aber das ist eigentlich mein Platz", lächelte ich den anscheinend neuen Jungen an, der auf meinem Platz saß.

„Tja, ich war schneller hier", meinte er und sah mich emotionslos von unten an. Es war vielleicht kitschig, aber obwohl seine Gesichtszüge nichts ausstrahlten, taten es seine Augen. Es hätte auch am Licht liegen können, aber seine Augen schimmerten wie die Oberfläche eines Sees, sobald der Mond darauf scheint. Wunderschön.

„Miss Winehouse, setzen Sie sich bitte!" Aus seinen Augen heraus sah ich sofort zu Mr. Cordelia, der sich auf sein Pult stützte und mich streng ansah. „Natürlich, tut mir Leid, Sir."

Ich setzte mich an den Tisch hinter meinem eigentlichen Platz.

„Ist das dein Ernst? Du lässt mich hier einfach sitzen?" fragte der Neue, während er sich zu mir drehte.

„Sieht wohl so aus", meinte ich und zuckte mit den Schultern. Kurz nickend drehte er sich wieder um und schüttelte den Kopf. „Komm schon, ein bisschen mehr Rebilionistisch oder so", meinte er, ohne mich anzusehen.

„Du kennst mich doch gar nicht. Vielleicht bin ich eigentlich eine sehr rebellische Person", entgegnete ich. „Und es heißt Rebellion. Es gibt nicht wirklich eine Steigerungsform für Rebellion." Nun war er ganz zu mir gedreht und grinste mich verschmitzt an. „Geht doch". Er hatte braune lockige Haare, die fast seine Augen bedeckten bedeckten, sowie eine Brille die perfekt auf sein Gesicht passte. Er hatte viele Sommersprossen auf seinem Gesicht, die wild wirkten, aber trotzdem passten und sich mit seinem Gesicht schmiegten. „Miss Winehouse, haben Sie uns etwas zu erzählen?" räusperte sich der Lehrer.

„Nein, Entschuldigung, Sir."

Mr. Cordelia stand vor seinem Pult, ruhig und konzentriert. Er war ein großer Mann, schlank und immer makellos gekleidet, mit einer leicht zerzausten Frisur, als ob er nie wirklich Zeit für sich selbst hatte, was sehr wahrscheinlich der Fall war, da er ein alleinerziehender Vater von zwei Kindern war. Beide gingen ebenfalls auf meine Akademie. Auf seinem Pult lagen geordnete Papierstapel und ein Modell des menschlichen Herzens.

„Heute werden wir uns die Zellteilung genauer ansehen", erklärte er, während er uns mit einem leichten Lächeln anblickte. Während der Stunde versuchte ich, dem Unterricht zu folgen, doch meine Gedanken schweiften immer wieder ab. Ich bemerkte, dass ich unruhig auf meinem Stuhl hin und her rutschte und mit meinem Stift spielte. Der monotone Klang der Wanduhr lenkte mich ab, und ich ertappte mich dabei, wie ich die Sekunden bis zum Stundenende zählte. Ich wollte es dem neuen Heimzahlen, wer meinen Platz klaut, sollte auch bestraft werden.

„Entschuldigen Sie, Sir. Aber Sie haben uns noch nicht den neuen Schüler vorgestellt."

Mit einem bösen Blick sah mich „der Neue" an. Grinsend zuckte ich mit den Schultern.

Mit seinen Lippen formte er ein „Das kriegst du noch zurück", während er mit seinen Händen fuchtelte. „Oh, da haben Sie ganz Recht, Miss Winehouse." Lächelnd bat er den Blauäugigen vor die Klasse. Er war groß, war mein erster Gedanke, als der junge Mann aufstand.

„Hey Leute, ich bin Emilio, Emilio Easterwood. Komme ursprünglich aus Kansas und werde meine restliche Schulzeit hier verbringen", sagte er locker und sah mich dabei die ganze Zeit grinsend an. Die Hälfte der Klasse interessierte sich nicht einmal dafür wer da stand oder redete.

Meine Schule gleicht einem majestätischen Schloss, das direkt aus einer vergangenen Epoche zu stammen scheint. Die neogotische Architektur mit ihren hohen Türmen, verzierten Fassaden und imposanten Bogengängen verleiht dem Gebäude eine ehrwürdige und zugleich geheimnisvolle Atmosphäre. Dunkle Holzmöbel, gedämpfte Beleuchtung und das allgegenwärtige Aroma alter Bücher schaffen eine Umgebung. Besonders faszinierend ist die Ausrichtung unserer Schule auf Astronomie, Physik und Literatur. In den ehrwürdigen Hallen finden sich antike Teleskope und wissenschaftliche Instrumente, die von den großen Entdeckungen vergangener Jahrhunderte zeugen. Unsere Bibliothek, mit ihren hohen Regalen und ledergebundenen Büchern, lädt dazu ein, in die Tiefen literarischer Meisterwerke einzutauchen.

Hier wird Bildung als ganzheitliches Erlebnis verstanden, das sowohl den Geist als auch die Sinne anspricht. Der Unterricht setzte sich fort, doch mein Kopf hing noch immer zwischen den hohen Regalen oder schwebte über den Türmen der Schule, als wäre ich selbst ein Teil der nächtlichen Himmelsbeobachtungen, die in unserem Observatorium stattfanden. Ich liebte diesen Ort.

Mr. Cordelia fuhr mit seinem Vortrag über Zellteilung

fort, doch mein Blick wanderte unweigerlich zum Fenster. Draußen hatte sich ein feiner Nebel über die alten Steinstufen gelegt, und das fahle Licht der Herbstsonne tauchte den Innenhof in eine beinahe unwirkliche Atmosphäre. Ein Anblick, der eher zu einem alten Roman als zu einer Schule passte.

„Miss Winehouse, können Sie uns sagen, welche Phase der Zellteilung als nächstes folgt?" Ich blinzelte und riss meinen Blick von den verschnörkelten Fenstergittern los. „Äh … die Anaphase?" wagte ich zu raten. „Korrekt." Mr. Cordelia nickte, bevor er sich wieder der Tafel zuwandte.

Vor mir hörte ich ein leises Lachen. Ich wusste genau, von wem es kam. Als er sich umdrehte, trafen meine Augen auf Emilio Easterwoods grinsendes Gesicht. „Was?" flüsterte ich genervt. „Nichts. Du scheinst nur ziemlich oft mit den Gedanken woanders zu sein." „Vielleicht liegt das an der unfassbar spannenden Atmosphäre in diesem Raum", entgegnete ich trocken. Er lachte leise und lehnte sich etwas nach hinten. „Oder daran, dass du einfach gern träumst." Ich schüttelte nur den Kopf.

Was glaubt er denn, wer er ist?

Mit meinem Tablett in der Hand trat ich aus der langen Schlange in der Cafeteria. Mein Herz pochte etwas schneller, als ich ihn sah, Emilio, wie er mit seinem Biobuch aus dem Klassenzimmer in die Cafeteria trat. *Jetzt oder nie,* dachte ich mir und nahm all meinen Mut zusammen.

„Hey, ehm… Emilio?" Meine Stimme klang piepsiger als sonst. Oh Gott, bitte nicht. Er warf mir einen kurzen Blick zu, ein leichtes Grinsen spielte auf seinen Lippen. „Das ist mein Name."

Okay, das war ein guter Anfang. Ich atmete tief durch. „Hast du Lust, dich nachher beim Essen zu mir und meinen Freunden zu setzen? Wir…" Doch bevor ich überhaupt ausreden konnte, unterbrach er mich. „Nein, hab was vor." Seine Stimme war neutral, fast beiläufig. Mein Lächeln stockte für einen Moment, doch ich ließ mich nicht entmutigen. „Oh, okay… vielleicht morgen?" Ich zwang mich, weiter zu lächeln, ein wenig Hoffnung in der Stimme, als könnte ich ihn doch noch umstimmen.

Er seufzte leise, fast unhörbar. „Hör mal, ich weiß nicht mal deinen Namen oder sonst irgendwas über dich. Lass mich einfach in Ruhe." Seine Worte trafen mich wie ein kalter Windstoß. Das Lächeln, das ich so krampfhaft aufrechterhalten hatte, verschwand augenblicklich.

Er drehte sich auf dem Absatz um, ohne auf eine Reaktion von mir zu warten. Ich wusste, ich sollte es dabei belassen, aber… irgendwas in mir wollte nicht so schnell aufgeben. „Ich dachte nur… dass du vielleicht Lust hättest, weil das vorhin in Bio—" Er blieb stehen. Langsamer diesmal. Drehte sich zu mir um. Für einen Moment glaubte ich, er würde weicher werden. Aber dann…

„Das vorhin in Biologie war nichts. Deswegen sind wir noch lange keine Freunde oder so etwas." Seine Stimme war hart, unnahbar.

Ich schluckte. Ein Kloß bildete sich in meiner Kehle, doch ich nickte nur stumm. Dann drehte er sich um und ging. Und ich blieb zurück, mit einem brennenden Gefühl in der

Brust und der bitteren Erkenntnis, dass nicht jeder Mensch eine ausgestreckte Hand ergreifen würde.

Kapitel 2

Emilio

In meiner Hosentasche suchend, holte ich mein Telefon raus, was in diesem Moment anfing zu klingeln. „Emilio?" diese Stimme, es fühlte sich wie ein Rückblick an. In meinem Kopf entstanden wieder diese Bilder, die ich vergessen wollte. Ich saß allein am Tisch, ganz hinten in der Ecke der Bibliothek, wo das Licht flackert und die Regale nach verstaubten Geschichten riechen. Es ist ruhig hier, fast schon zu ruhig. Der Stift in meiner Hand fühlte sich schwerer an, als er sein sollte. Auf dem Papier vor mir entsteht langsam ein Gedicht, Wort für Wort, aber es ist mehr als das. Es ist das Einzige, was ich sagen kann, ohne wirklich etwas zu sagen.

Ein Baum im Winter, kahl und still,
Ein Blatt zittert noch, hält sich fest.
Der Wind flüstert sanft, der Himmel will,
Doch das Blatt bleibt, trotz allem Rest.

Ich starre auf die Zeilen und versuche, nicht an das zu denken, worum es wirklich geht. Aber es schleicht sich in jeden Gedanken, jeden Atemzug. Der Baum bin ich. Das

Blatt... na ja, das Blatt kämpft. So wie ich. Hält sich fest, obwohl alles um es herum aufgibt, obwohl der Wind, dieser verdammte Wind , es einfach mitreißen will.

Mein Atem stockt kurz, als ich den Stift wieder ansetze. Weiter, einfach weiterschreiben, als wäre es nur irgendein Gedicht.

Ein Sonnenstrahl bricht durch die Wolken dicht,
Wärmt das Blatt, das einsam hängt.
Doch die Sonne weiß, was das Blatt nicht spricht:
Die Zeit ist nah, wo der Wind es fängt.

Ich spüre den Druck in meiner Brust. Die Sonne – die Hoffnung, die Wärme, die ich immer noch irgendwie spüre, auch wenn ich weiß, dass sie mich nicht für immer retten kann. Und der Wind... Ich muss den Gedanken wegschieben. Es ist nur ein Gedicht, sage ich mir, aber das stimmt nicht. Es ist mehr. Es ist das, was ich niemandem erzählen kann. Nicht meinen Eltern, nicht meinen Freunden. Nur dem Papier.

Ich sehe aus dem Fenster. Die Bäume draußen sind kahl, die Äste wiegen sich im Wind. Wie lange wird mein Blatt noch hängen? Wie lange kann ich mich noch festhalten? Ich setze den Stift wieder an. Die letzten Zeilen. Das Ende.

Das Blatt zittert, doch fällt es nicht,
Es hat sich selbst zum Kampf gezwungen.
Es weiß, auch wenn der Baum zerbricht,
Hat es doch einmal hoch gesungen.

Ein Seufzen entweicht mir, als ich den Stift sinken lasse. Da steht es, alles, was ich fühle. Für die meisten wird es ein Gedicht über den Herbst sein, über das Ende des Jahres und den Kreislauf der Natur. Aber ich weiß, dass es mehr ist. Es ist mein Kampf. Der Kampf, den ich jeden Tag führe, um nicht loszulassen. Das Zittern des Blattes, das bin ich. Immer kurz davor, einfach zu fallen, aber ich halte noch durch. Noch ein wenig länger.

Ich schloss das Notizbuch und blickte wieder nach draußen. Der Wind hatte die Äste erfasst, und ein paar Blätter tanzten durch die Luft. Doch eins, ganz oben, hielt sich noch fest. Ein leises Lächeln spielte auf meinen Lippen. Vielleicht, dachte ich, vielleicht hielt es noch ein bisschen länger. Denn solange ich noch da war, gab es Hoffnung.

Mit einem tiefen Atemzug riss ich mich von dem Anblick los und stand auf. Meine Beine waren ein wenig steif vom langen Sitzen. Ich streckte mich kurz, bevor ich meine Sachen zusammensammelte. Es war spät, und die Gänge des Internats lagen bereits in sanftes Dämmerlicht getaucht. Die gedämpften Stimmen anderer Schüler drangen nur leise durch die alten Mauern, ein beruhigendes Murmeln, das mich auf dem Weg zu meinem Zimmer begleitete.

Als ich die Tür öffnete, fiel mein Blick sofort auf den kleinen Umschlag, der auf meinem Bett lag. Mein Herz setzte für einen Moment aus. Ich wusste nicht, warum, aber irgendetwas an dem weißen Papier mit der geschwungenen Handschrift fühlte sich bedeutungsvoll an. Fast zögernd trat ich näher, nahm den Brief in die Hand und drehte ihn um. Mein Name stand darauf, nichts weiter. Mit leicht zittrigen Fingern öffnete ich den Umschlag. Ein gefaltetes Blatt Papier rutschte heraus. Ich hielt den Atem an, als ich die ersten Worte las:

„Einladung zur Audition"

Mein Magen zog sich zusammen, mein Kopf wurde schwindelig. Meine Augen huschten über den Text, während mein Herz immer schneller schlug.

„Sehr geehrter Easterwood,
wir freuen uns, Ihnen mitteilen zu dürfen, dass Sie zur
nächsten Runde der Auditions des Romeo eingeladen
sind…"

Ich musste mich setzen. Meine Gedanken überschlugen sich. War das wirklich … echt? Hatte ich es tatsächlich geschafft?

Mein Blick fiel auf mein Notizbuch, das auf dem Schreibtisch lag. Das Gedicht. Der Herbst. Das zitternde Blatt, das sich noch hielt. Ein Zittern ging durch meine Hände, aber diesmal nicht aus Angst. Sondern aus Aufregung. Hoffnung.

Vielleicht ... vielleicht war es doch nicht umsonst. Vielleicht war es mein Moment.

Langsam schloss sich meine Hand um das Papier, als wollte ich es mit meinem ganzen Sein festhalten. Denn ich war noch da. Und vielleicht ... vielleicht hielt ich noch ein bisschen länger durch. „Jo Emilio alter, was geht?", die Gruppe meines Mitbewohners, Kendrick betrat unser Zimmer. „Was hast du denn da?", er nahm mir meinen Zettel aus der Hand und begann laut vorzulesen. „Komm schon, lass es Kendrick", doch er hörte nicht. „O Romeo! O mein Romeo!", witzelte er herum und machte sich lustig. Das wollte ich nicht. Er sollte aufhören, einfach aufhören. Einmal passierte etwas Gutes, einmal. „Bitte Kendrick", bat ich ihn. „Romeo!", winselte er spöttisch und machte sich über mich lustig. Seine Stimme war schrill, voller Spott, voller Überheblichkeit.

Das wollte ich nicht.

Es sollte aufhören.

Ein Knoten zog sich in meiner Brust zusammen, meine Atmung wurde flacher. Alles in mir spannte sich an, als würde mein Körper versuchen, sich gegen etwas zu verteidigen, das längst zu nah war. Meine Finger krallten sich in meine Ärmel, als könnte ich mich selbst festhalten, mich davor bewahren, auseinanderzufallen. „Bitte, Kendrick", bat ich leise. Meine Stimme zitterte. Doch er hörte immer noch nicht auf.

Er lachte.

Lachte, als wäre das hier nur ein Spiel. Lachte, als wäre es nicht mein Herz, das gerade unter dem Gewicht von allem zu Boden gedrückt wurde. Ich spürte, wie sich meine Kehle zuschnürte, meine Augen brannten. Nein. Nicht hier. Nicht vor ihm. „Oh komm schon, du bist doch nicht wirklich so empfindlich, oder? Das ist doch was gutes, Alter. Du wirst eine kleine Theater- pussy, das ist süß!" Seine Stimme war leicht, als hätte er keine Ahnung, was seine

Worte mit mir machten. Mein Kopf dröhnte. Mein Magen krampfte sich zusammen. Ich konnte nicht mehr. Die Welt um mich herum wurde zu laut, zu eng. Die Wände schienen sich auf mich zuzubewegen, der Raum wurde kleiner, meine eigenen Gedanken schrien in meinem Kopf durcheinander.

Ich brauchte Luft. Ich brauchte Stille. War das echt?

„Lass mich einfach in Ruhe", flüsterte ich, meine Stimme kaum mehr als ein Hauch. Doch er grinste nur. „Ach komm schon, Romeo, ich mache doch nur Spaß."
Etwas in mir riss. „HÖR AUF!" Meine Stimme explodierte aus mir heraus, lauter, verzweifelter, als ich es selbst erwartet hatte. Mein Brustkorb hob und senkte sich ruckartig, mein Herz raste, meine Hände zitterten.

Stille.

Kendrick blinzelte überrascht. Für einen Moment wirkte er tatsächlich verunsichert – als hätte er nicht erwartet, dass es mir wirklich zu viel wird. „Ich…", setzte er an, doch ich konnte es nicht mehr hören. Ich drehte mich um und rannte. Rannte aus Zimmer, rannte durch den Gang, bis meine Beine nachgaben und ich mich mit dem Rücken gegen die kalte Wand sinken ließ. Ich zog die Knie an meine Brust, presste mein Gesicht dagegen und schloss die Augen. Ich wollte nicht weinen. Ich wollte stark sein. Aber alles in mir schrie nach einer Pause, nach einem Moment, in dem ich nicht kämpfen musste. Atmen. Ich musste einfach nur atmen.

Draußen rauschte der Wind durch die kahlen Bäume. Ich hörte Schritte, gedämpfte Stimmen, doch alles fühlte sich weit weg an.

Leise, fast zögernd, hörte ich jemanden meinen Namen rufen. Nicht Kendrick. Jemand anderes.
Langsam hob ich den Kopf.
„..Emilio?", *sie* war es. Ich wusste ihren Namen nicht, jedenfalls noch nicht. „Ist alles in Ordnung?". Sie kniete sich zu mir, neben mich um genau zu sein. Ich wollte nicht

antworten, obwohl doch, ich wollte, aber ich konnte nicht. „Emilio?", Sie klang ehrlich. Und genau das machte es so viel schwerer, zu antworten.

Ich spürte, wie sich meine Finger noch fester in den Stoff meiner Ärmel krallten. Meine Brust hob und senkte sich in schnellen, flachen Zügen. Ich wollte sprechen. Wollte ihr sagen, dass nichts in Ordnung war. Dass sich alles anfühlte, als würde es mich erdrücken. Doch kein Wort kam über meine Lippen. Stattdessen schluckte ich hart und starrte auf den Boden. Ich bin ein Loser.

Sie wartete. Rührte sich nicht von meiner Seite.

Kein drängendes „Sag doch was". Kein Seufzen der Ungeduld. Nur ihr ruhiger Atem, das leise Rascheln ihrer Kleidung, als sie sich ein wenig anders hinsetzte. „Okay", sagte sie schließlich, ihre Stimme ein wenig leiser. „Dann bleibe ich einfach hier." Ich blinzelte. Hob leicht den Kopf. Erwartete, dass sie irgendwann genervt aufstehen und gehen würde, aber sie tat es nicht. Stattdessen zog sie ihre Knie an und sah in die gleiche Richtung wie ich.

Für eine Weile saßen wir einfach nur da.

Die Geräusche des Internats wurden gedämpfter. Stimmen aus den entfernten Fluren.

Draußen prasselte Regen gegen die Fenster.

„Kendrick ist ein Idiot", sagte sie dann unvermittelt.

Ein kleines, trockenes Lachen entwich mir, ehe ich es zurückhalten konnte. Es war kaum mehr als ein Hauch, aber es war da. Sie drehte leicht den Kopf zu mir.

Ich konnte spüren, dass sie mich ansah, aber ich wagte es noch nicht, zurückzublicken. „Es ist okay, wenn du nicht reden willst", fuhr sie leise fort. „Aber… du musst das nicht allein durchstehen." Etwas in mir zog sich zusammen. Ein schmerzhaftes, vertrautes Gefühl.

Ich wusste nicht, warum, aber in diesem Moment, in dieser ruhigen, sanften Stille, ließ der Druck auf meiner Brust ein kleines bisschen nach. Und dann, kaum hörbar, brach ich mein Schweigen. „Ich… ich kann nicht mehr." Die Worte kamen kaum über meine Lippen, als hätte ich Angst, dass sie im Raum zerspringen. Sie sagte nichts. Keine Floskeln wie „Doch, das kannst du" oder „Es wird schon wieder". Stattdessen nickte sie einfach. Und in diesem Moment war das genau das, was ich brauchte. „Es kommt vielleicht ein bisschen gruselig rüber, aber ich habe ein bisschen belauscht, was Kendrick gesagt hat.", sie machte eine kurze Pause. „Du hast eine Audition? Spielst du Theater?", ich lachte kurz auf. „Ich wollte unbedingt die Rolle des Romeos. Ich meine, ich möchte sie immer noch. Das Schauspielern war schon immer eine Leidenschaft meiner Seitz. Jedoch meine Großeltern sind vollkommen dagegen.

Sie meinen, dass wenn ich keinen guten Abschluss habe, aus mir nichts wird. Sie haben es mir immer verboten, zu Schauspielern. Meine Mutter war Schauspielerin, sie starb an einer Überdosis Fentanyl. Ich kann es meinen Großeltern nicht verübeln, dass sie auf mich aufpassen wollen, aber Schauspielern ist nun mal mein Traum. „‚, ich wusste nicht wirklich warum ich es ihr erzählt hatte, aber es tat gut.

„Ich kann dir nicht sagen, warum ich so auf Kendrick rea-
giert habe. Ich weiß es nicht.", ich sah zu ihr. In ihr Gesicht. „Es war einfach-" „Zu viel", vervollständigte sie
meinen Satz. Es war eine lange Zeit der Stille. Niemand
sagte etwas.

„Wie war dein Name noch gleich?", sie wusste wie meine
Name, jedoch ich ihren nicht. . „Beth, Beth Winehouse",
lächelte sie mich an. „Winehouse? Wie Amy Winehouse?",
kam mir in den Sinn. Ich wusste, dass sie nicht mit der
wahren Amy Winehouse verwand war, aber ich wollte die
Stimmung lockern.

„Ja klar, sie war meine Großmutter", meinte Beth sarkas-
tisch, ich tat so, als ob ich es nicht verstehen würde.
„Warte mal! Du bist die Enkelin von Amy Winehouse?".
Ich stand auf und hielt meinen Kopf, gespielt empört. La-
chend nickte sie. „Warte, du verarschst mich doch, oder?
Amy hatte gar keine Kinder, geschweige denn ein Kind".
„Herzlichen Glückwunsch, du hast es erfasst!", lachte sie,
stand ebenfalls auf und schlug mir leicht auf die Schulter.
„Verdammt, jetzt hatte ich mir schon Hoffnungen ge-

macht". Beth lachte leise und schüttelte den Kopf.

„Du bist echt ein Trottel, Emilio."

Ich grinste und ließ mich wieder an die Wand fallen. „Ja, aber ich bin manchmal ein unterhaltsamer Trottel." Sie setzte sich näher zu mir und zog die Knie an ihre Brust. Einen Moment lang sagte keiner von uns etwas. Es war diese seltsame, aber angenehme Stille, die nicht unange- nehm war. „Also…" Ihre Stimme war weicher, fast zöger- lich. „Was jetzt? Wirst du weiter vor Kendrick weglau- fen?"

Ich schnaubte. „Ich bin nicht weggelaufen."

Sie hob skeptisch eine Augenbraue. „Okay, vielleicht ein bisschen", gab ich zu und fuhr mir durch die Haare.

„Aber ich weiß einfach nicht, was das soll. Ich meine, wie soll ich mich wehren, wenn er etwas so besonderes für mich, so klein macht. Sich darüber lustig macht?"

Beth betrachtete mich nachdenklich.

„Denkst du nicht, dass du genau da, für dein Wohl kämp- fen solltest. Gegen diesen Hass?" Ich zuckte nur mit den

Schultern. Es war viel. „Vielleicht essen wir erst mal was, oder?", Beth stand auf und streckte mir ihre Hand entgegen. „Na komm", ich gab mir einen Ruck und lies sie mir auf helfen. „Ich hab jetzt keinen Hunger, aber Danke für das Angebot ". Mit langsamen Schritten ging ich in Richtung meines Spindes. Eine Herde von Jungs machte sich genau davor breit. „Was zum-"

Kapitel 3

Beth & Emilio

„Habt ihr schon über das Praktikum nachgedacht?", fragte Noah in die Runde, die aus mir, Jona und noch ein paar anderen aus unserer Stufe bestand. „Ich denke, ich gehe zu meinem Onkel in seinen Club", winselte Noah. „Boah, mit all den hotten Weibern?", fragte Jona und schlug mit seinem Kumpel ein. „Ja, Mann". Augen verdrehend sah ich von den beiden Jungen weg. Jona, ein schulisch durchschnittlicher Typ, der Noah mit *in seinen Bann gezogen hat,* sage ich immer. Denn in einer bestimmten Art und Weise stimmt dies auch. Durch ihn kam Noah auf die falsche Spur und ist nun der, der er nun mal ist.

„Hey ... Beth, bist du noch Anwesend?", drang die Stimme von Helena, einer Klassenkameradin und Freundin von Noah, zu mir durch. Augenblicklich holte ich mich aus meinen Gedanken raus und sah Helena fragend an.

„Was?", sie rollte ihre Augen.

„Ob du auch schon einen Platz hast, für das Praktikum", meinte sie. „Hospiz. Ich denke, ich möchte ein Praktikum im Hospiz machen".

Sofort waren alle Augen am Tisch auf mich gerichtet.

„Hospiz? Du weißt schon …", begann Noah, doch ich unterbrach ihn inmitten seines Satzes: „Ich weiß".

Die Tür der Cafeteria schlug auf und wer hätte das gedacht, Emilio kam doch mit seinen Kopfhörern um seinen Nacken, hereingetreten. Er hatte wohl doch Hunger.

Ein kleines Lächeln schlich sich auf mein Gesicht, voller Freude winkte ich ihm zu. Doch er ignorierte mich.

Ich wusste, dass er mich gesehen hatte. Ich spürte es. Der junge Mann bewegte sich zu der Essenstheke, die gleichzeitig auch ein Bäcker war und stellte sich an der Schlange an. „Sag nicht, du hast es jetzt schon auf den Neuen abgesehen", lachte Jona und wackelte mit seinen Augenbrauen.

„Halt die Klappe, Jona", meinte Noah zu seinem Kumpel.

„Was, etwa eifersüchtig, dass Beth sich den neuen schnappen will, statt dich, Noah?"

„Er hat doch eine Freundin?", wandte Helena leise hinzu.

Alle sahen zu dem Angesprochenen. Anstatt etwas zu erwidern, blieb Noah ruhig. Meine Rechte Augenbraue zog sich nach oben. „Dein Ernst?", fragte ich ihn.

Ich starrte Noah an.

Er wusste, warum mich Emilio ignorierte. Ich konnte es spüren. Ich kannte ihn schon zu gut. Sein Blick wich meinem aus, während er weiter mit der Gabel auf seinem Tablett herumstocherte.

„Noah", sagte ich langsam, meine Stimme war leise, aber fest. „Was hast du getan?" Er zuckte zusammen. Das reichte mir als Antwort. Plötzlich war die Luft schwer zwischen uns. Helena und Jona wechselten nervöse Blicke, als hätten sie Angst vor dem, was jetzt kommen würde. Ich spürte, wie sich meine Finger in meine Handflächen gruben. „Es geht um Emilio, oder?" Noah runzelte die Stirn. „Warum interessiert er dich so sehr?"

„Warum weichst du mir aus?" Ich beugte mich nach vorne. „Sag mir, was passiert ist." Noah seufzte tief. Dann lehnte er sich zurück und sah mich endlich an. „Es war nur ein Witz, Beth. Es sollte nicht so eskalieren." „Was hast du getan?" Meine Stimme war kaum mehr als ein Flüstern.

Er schüttelte den Kopf, als wolle er es selbst nicht glauben. „Ein paar Jungs aus der Mannschaft... sie fanden es witzig, ihm eine kleine Willkommens-Überraschung zu bereiten." Mein Herz schlug schneller. „Welche Art von Überraschung?" Noah schwieg für einen Moment. Dann senkte er den Blick.

„Sie haben seinen Spind aufgebrochen", murmelte er. „Seine Sachen mit Farbe übergossen. Und—" Er brach ab. „Und was?" Meine Finger umklammerten den Rand meines Tabletts.

Er biss sich auf die Lippe, bevor er weitersprach. „Sie haben Seiten aus seinem Notizbuch rausgerissen und vorgelesen." Wie bitte?! So kannte ich Noah nicht. Im Traum wäre mir nicht mal eingefallen, dass er so was machen könnte.

„Was für Seiten?" Noah sah mich nicht an. „Es waren Gedichte, Beth. Sachen, die er geschrieben hat."

Plötzlich machte alles Sinn. Warum Emilio in der Cafeteria allein saß. Warum er mich ignorierte.

Warum er sich so verschloss.

Ich fühlte Wut in mir aufsteigen. „Ihr habt ihn vor der ganzen Schule bloßgestellt." Meine Stimme bebte.

Noah schüttelte den Kopf. „Ich nicht. Ich wollte nicht, dass es so weit geht." „Aber du hast nichts getan, um es zu verhindern."

Stille.

Ich schob meinen Stuhl zurück und stand auf.
„Beth—" „Lass mich in Ruhe, Noah."

Ich schnappte mir mein Tablett und lief los. Mein Blick war fest auf Emilio gerichtet, der in der hintersten Ecke der Cafeteria saß. Er sah nicht auf, als ich mich ihm näherte. Aber ich wusste, dass er mich bemerkte. Ich fasste all meinen Mut zusammen und setzte mich direkt ihm gegenüber. Schockiert wurden seine Augen größer. Er hatte ein Buch in der Hand, sein Essen vor ihm liegend. Nicht angerührt. Der Junge las Dostoevsky's *Weiße Nächte*. Einen Klassiker, dachte ich mir.

„Wie findest du es bisher?" verwirrt sah er auf. „Emilio",

flüsterte ich im Nachhinein dazu, ein kleines Lächeln bildete sich auf seinen Lippen

„Es ist in Ordnung" neckte er mich. „Wie bitte? Nur in Ordnung? Das ist eins meiner Lieblingsbücher!" Er fing an zu lachen, ein schönes Geräusch. „ Entschuldigung, für Noah". Emilio schien auf einmal überfordert und fing an mit seinem Knie zu wippen.

„Bist du seine Mutter oder was? Kann er sich nicht selber entschuldigen?", antwortete er kurz, knapp und sah auf seine Hände. Nun, das war nicht die Antwort die erwartet hatte.

Stumm sah ich auf seine Hände die nun auf dem offenen Buch lagen. Er trug an fast jedem Finger einen Ring, sowie ein Tattoo an seinem rechten Zeigefinger. Es war ein kleiner Blitz, der sehr krakelig aufgezeichnet wurde.

„Was bedeutet dieser Blitz?", fragte ich den Jungen mir gegenüber und sah ihn mit einem warmen Lächeln an, das er kurz erwiderte.

„Du meinst das?", fragte er mich und hob seine Hand.

Schnell schüttelte ich meinen Kopf. „Weil ich genauso bin," sagte er schließlich. Ich zog die Augenbrauen zusammen. „Wie meinst du das?"

Ich betrachtete sein Tattoo für einen Moment. Dann ließ ich meine Finger langsam darüber gleiten, er schien kurz verwundert zu sein und zuckte zusammen, jedoch ließ er sein Schicksal über sich kommen.

„Blitze kommen aus dem Nichts. Plötzlich sind sie da – wild, unkontrollierbar. Sie brennen sich in die Dunkelheit, machen für einen kurzen Moment alles hell, aber danach…" Er machte eine Pause und stieß ein trockenes Lachen aus. Meine Finger inzwischen in seine Eingehackt. „Danach bleibt nur Rauch. Ein verbrannter Fleck, als hätte es den Blitz nie gegeben. Er ist da und dann sofort wieder weg." Ich sagte nichts. Ich konnte nichts sagen, ich wusste nicht was.

Sicht von Emilio.

Sie sah mich einfach nur an, aufmerksam, aber ohne Mitleid. Das mochte ich an ihr. Sie hörte zu, ohne so zu tun, als würde sie mich reparieren wollen. Ich nahm einen tiefen Atemzug. „Ich glaube, ich bin genauso. Ich passe nirgendwo richtig rein. Ich schlage ein, mache Chaos, brenne für einen Moment und dann..." Ich zuckte mit den Schultern. „Dann geht es weiter, als wäre ich nie da gewesen." Beth schwieg für einen Moment. „Das ist der größte Schwachsinn, den ich je gehört habe," sagte sie schließlich in einen starken leicht aggressiven Unterton. Überrascht sah ich sie an.

Wie meinte sie das? „Du bist kein Blitz, der einfach nur Chaos hinterlässt," fuhr sie fort. „Vielleicht kommst du unerwartet, vielleicht bist du schwer zu greifen, aber du hinterlässt etwas.
Du brennst dich in die Leute ein.
 Glaub mir, Emilio, wenn du irgendwann gehst... dann wird es nicht so sein, als wärst du nie da gewesen."

Ihre Worte ließen etwas in meiner Brust schmerzen.

Ich senkte den Blick und lachte leise. „Vielleicht."

Aber in meinem Kopf klang es eher nach: *Ich wünschte, du hättest recht.*

„Alle Schüler bitte in ihre Gemache", es war Rodrick, der Internatsleiter, der in die Bibliothek eintrat. „Ehm, Beth? Danke nochmal." Es war Zeit für die Nachtruhe. „Es war schön mit dir zu reden, Emilio. Bitte wenn irgendwas ist, komm zu mir", sie drückte meine Hand „Gute Nacht, Emilio". Und stand somit auf. „Gute Nacht, Beth". Ich gab ihr nur ein kleines Lächeln und somit verschwand sie in den Flur.

Kapitel 4

Emilio

Der Flur war düster, nur die alten Lampen an der Decke

warfen ihr fahles Licht auf die Steinwände. Meine Schritte

hallten leise auf dem kalten Boden, während ich mich

durch die Gänge des Internats bewegte. Draußen prasselte

der Regen gegen die Fenster, ein monotoner Rhythmus,

der sich in meinen Gedanken verlor.

Mein Kopf fühlte sich schwer an, voll mit Dingen, die ich

nicht benennen konnte. Kendrick, Beth, Noah, einfach alles

verschwamm ineinander. Ich zog meine Jacke enger um

mich und bog um die nächste Ecke. Mein Zimmer war

nicht weit. Ein paar Türen noch, dann könnte ich mich

endlich hinlegen, einfach für einen Moment durchatmen.

Doch irgendetwas stoppte mich, das Verlangen nach Fri-

scher Luft drang in mich. So beschloss ich, meinen Weg in

den Innenhof zu leiten.

Wie ich es liebte zu dem Mond zu schauen. Ich lehnte mich

ans Fensterbrett und starrte in den Himmel. Die dunklen

Wolken ließen kaum einen Stern durch, nur der fahle

Schein des Mondes brach vereinzelt durch die schweren

Schatten. Die Luft war feucht vom Regen, und die Nacht fühlte sich endlos an, als würde sie mich verschlingen. Ich seufzte leise und ließ meinen Blick nach unten wandern. Ich wollte einfach nur für einen Moment abschalten, meinen Gedanken entkommen. Doch dann hörte ich es. Ein leises Schluchzen. Mein Körper spannte sich an. War das…? Ich drehte mich langsam um, lauschte genauer.

Ja, es kam aus dem Gang. Ohne wirklich darüber nachzudenken, folgte ich dem Geräusch, mein Herz schlug schneller. Ich wusste nicht, warum – vielleicht, weil ich tief in mir ahnte, wer es sein könnte.

Als ich um die Ecke bog, sah ich ihn.

Kendrick saß auf einer der alten Holzbänke, sein Kopf in seinen Händen vergraben, Schultern bebend. Er, der immer stark tat, der mich heute noch verspottet und gedemütigt hatte, saß nun hier und weinte.

Ich schluckte. Für einen Moment wusste ich nicht, was ich tun sollte. Sollte ich gehen? So tun, als hätte ich nichts gesehen?

Nein.

„Kendrick?" Meine Stimme war vorsichtig, fast ein Flüstern. Er riss den Kopf hoch. Seine Augen waren gerötet,
seine Gesichtszüge hart, als ob er sich selbst für seine
Schwäche verachten würde.

„Was willst du?!" fuhr er mich an, seine Stimme klang
rau und brüchig. Ich blinzelte. „Ich hab dich gehört…"
Er sprang auf, seine Hände zu Fäusten geballt.

„Halt die Klappe!" Seine Stimme war lauter jetzt, aggres-
siver. „Denkst du, du kannst auf verständnisvoll tun? Mitleid haben? Verpiss dich!" Ich blieb stehen.

Er war wütend. Auf mich. Auf sich selbst. Auf die ganze
verdammte Welt. „Ich habe kein Mitleid", sagte ich ruhig.
„Ich will nur wissen, ob du—"

Ich konnte den Satz nicht beenden.

Seine Faust schnellte nach vorne und traf mich hart an der
Wange. Der Schmerz durchfuhr mich wie ein heißer Stich,
mein Kopf ruckte zur Seite, und für einen Moment verlor

ich das Gleichgewicht. Ich taumelte, griff nach der Wand, um nicht zu fallen.

Stille.

Ich blinzelte gegen das Pochen in meiner Wange an, mein Atem war schwer. Kendrick stand noch immer vor mir, seine Fäuste bebten, sein ganzer Körper zitterte. Doch in seinem Blick lag etwas anderes als Wut.
Sein Brustkorb hob und senkte sich hektisch, seine Lippen bebten. Er sah aus, als würde er jeden Moment explodieren. Und dann geschah es.

Er brach. Sein ganzer Körper sackte nach vorne, sein Kopf prallte gegen meine Schulter. Schwer. Haltlos.
 Ich erstarrte. Für eine Sekunde wusste ich nicht, was ich tun sollte, doch dann spürte ich es, seine Finger, die sich krampfhaft in meinen Ärmel krallten, sein Zittern, das durch uns beide ging.
Er weinte. Richtig. Nicht mehr leise..
Ich hob langsam die Arme und hielt ihn fest.

Er wehrte sich nicht. Und in diesem Moment wusste ich, dass er nicht gegen mich kämpfte. Sondern gegen sich selbst. „Was hältst du davon wenn wir in unser Zimmer gehen?" flüsterte ich uns löste mich von ihm.

Kendrick zitterte noch immer. Seine Finger hatten sich so fest in meinen Ärmel gekrallt, dass es ihm sichtlich schwerfiel, loszulassen. Sein Gesicht war bleich, seine Augen glänzten im schwachen Licht des Ganges.

Er sagte nichts, aber er nickte.

Langsam legte ich eine Hand auf seine Schulter und führte ihn durch den dunklen Flur. Das Internat war um diese Zeit still, nur der ferne Wind, der durch die alten Mauern zog, erzeugte ein leises Pfeifen. Der Boden knarzte unter unseren Schritten, während wir an den geschlossenen Türen der anderen Schüler vorbeigingen.

Als wir unser Zimmer erreichten, schob ich die Tür auf und ließ ihn zuerst eintreten. Der Raum war schwach beleuchtet, nur das Licht der Straßenlaternen draußen warf schmale Streifen auf den Boden. Ich schloss die Tür leise hinter uns.

Kendrick ließ sich auf sein Bett sinken, seine Schultern sanken nach vorne, als würde er jede Kraft verlieren. Sein Blick war auf den Boden geheftet, seine Finger spielten nervös mit der Decke.

Ich wusste nicht, was ich sagen sollte. Er hatte mich geschlagen. Er hatte geweint. Und jetzt saßen wir hier, in der Stille, als wäre nichts passiert.

Ich ging zu meinem Bett und setzte mich ihm gegenüber.

„Willst du reden?" fragte ich leise.

Kendrick lachte kurz auf, aber es war kein echtes Lachen. „Als ob das was bringen würde." Ich zuckte mit den Schultern. „Manchmal schon."

Er fuhr sich durch die Haare, dann schüttelte er den Kopf. „Du verstehst das nicht." „Dann erklär's mir."

Seine Kiefermuskeln spannten sich an. Ich konnte sehen, wie er mit sich rang. Schließlich ließ er sich nach hinten auf die Matratze fallen und starrte an die Decke.

„Es ist einfach... alles zu viel." Ich sagte nichts, wartete nur. Zuhören war eine Gabe.

„Ich hab das Gefühl, dass... dass ich keine Kontrolle mehr habe. Über nichts. Ich kann nicht mehr. Und dann kommst du und tust so, als wäre alles okay."

Ich zog die Beine an und verschränkte die Arme darum.

„Ich tue nicht so, als wäre alles okay. Ich weiß, dass es das nicht ist."

Kendrick drehte den Kopf zu mir, seine Augen funkelten im schwachen Licht. „Warum bist du eigentlich noch hier? Nach allem, was ich gemacht habe?"

Ich überlegte kurz, dann zuckte ich mit den Schultern.

„Weil du gerade jemanden brauchst, der bleibt. Und ich bin dein Mitbewohner."

Er sah mich einen Moment lang einfach nur an.

Dann schloss er die Augen.

Ich ließ ihn in Ruhe, zog mir mein Hoodie über und lehnte mich gegen die Wand. Ich wusste nicht, wann genau ich eingeschlafen war, aber als ich die Augen wieder öffnete, war der Himmel draußen bereits heller.

Ein leises Klopfen ließ mich zusammenzucken.

„Boah wer ist das denn?", stöhnte Kendrick und zog sich sein Kissen über den Kopf.

Ich blinzelte. Beth stand in der Tür, ihr Blick wanderte zwischen mir und Kendrick hin und her.

„Was ist passiert?" fragte sie leise.

Ich rieb mir die Augen und setzte mich auf. „Lange Geschichte."

Sie schob sich vorsichtig in den Raum, ihre Stirn war in Sorge gelegt.

„Ich hab dich gestern gesucht. Ich dachte… keine Ahnung. Aber du warst nicht da."

„Ja, ich…" Ich sah zu Kendrick, der noch immer schlief, dann zurück zu ihr. „Es war eine lange Nacht."

Eloise setzte sich auf mein Bett, zog die Beine an und musterte mich eindringlich. „Hat er geweint?"

Ich nickte langsam. Sie seufzte. „Dachte ich mir."

Ich wusste nicht, was ich darauf sagen sollte.

Ein paar Sekunden lang war es still, dann sprach sie wieder.

„Du kümmerst dich um jeden, oder?" Ich zog die Schultern hoch. „Jemand muss es ja tun. "Sie lächelte schwach.

„Und wer kümmert sich um dich, Emilio?" Ich hielt inne. Wer kümmerte sich eigentlich um mich? Ich zwang mich zu einem Grinsen. „Keine Sorge, ich komme klar. Und außerdem, ich habe dich" Beth sah mich einen Moment an, als könnte sie genau erkennen, dass ich log. Aber sie sagte nichts dazu. Stattdessen nickte sie nur und stand auf. „Ich hol uns was zum Frühstück. Ihr solltet was essen. "Ich beobachtete, wie sie zur Tür ging und verschwand.

Ich ließ meinen Blick zu Kendrick wandern, der leise atmete, seine Stirn immer noch leicht angespannt.

Leise stand ich von meinem Bett auf zu meinem Schreibtisch. Ich öffnete die oberste Schublade und holte meinen Audition- Zettel raus…

Audition: Romeo Montague

12:00 Uhr Samstag

...und ein Blatt Papier.

Ein Stern am Himmel,

flackernd, leuchtend,

zieht mich an mit sanftem Glanz,

und doch, so fern,

dass ich ihn nie ganz berühren kann.

Ein Feuer am Boden,

wild und brennend,

wärmt mich, lockt mich,

und doch, so nah,

dass ich mich fürchten muss zu verbrennen.

Der Wind trägt ihre Stimmen,

eine wie Regen,

sanft, kühlend,

die andere wie Donner,

laut, belebend.

Ich stehe dazwischen,

ein Blinder im Sturm,

der weder Tropfen noch Flamme greifen kann,

und frage mich,

ob man zwei Wege gehen kann,

ohne sich selbst zu verlieren.

Kapitel 5

Emilio

Die Akademie war nicht mein Zuhause. Nicht wirklich. Aber mit der Zeit hatte ich gelernt, mich darin zu bewegen, als wäre sie es. Ich kannte die knarzenden Holzdielen in den Fluren, die leichten Zuggeräusche der Fenster im dritten Stock, wenn es stürmte, und das leise Summen der alten Lampen in den Gängen.

Ich kannte auch die Menschen. Beth und Kendrick zum Beispiel. Wir drei hätten uns nirgendwo sonst kennengelernt. Vielleicht wären wir aneinander vorbeigegangen, hätten uns nicht einmal angesehen. Aber hier, zwischen den alten Wänden der Akademie, war es unmöglich, sich zu verstecken.

„Hey, träumst du wieder?" Beths Stimme riss mich aus meinen Gedanken.

Ich blinzelte und sah sie an. Sie saß quer auf einer Holzbank im Innenhof, ein altes Buch auf den Knien. Ihre dunklen Locken fielen ihr ins Gesicht, und sie blies genervt eine Strähne zur Seite.

„Nicht geträumt", murmelte ich und ließ mich neben sie

auf die Bank sinken. Sie schnaubte. „Klar. Du siehst immer so aus, wenn du in einer anderen Welt bist." Ich lehnte mich zurück und betrachtete den grauen Himmel. Die Bäume im Innenhof wiegten sich sanft im Wind, als würden sie flüstern.

„Wovon redet ihr?" Kendrick tauchte hinter uns auf, die Hände tief in den Taschen seiner Jacke.

Beth zuckte mit den Schultern. „Von Emilios geheimer Fantasiewelt."

Er lachte leise, setzte sich auf die andere Seite der Bank und sah mich mit hochgezogenen Brauen an. „Und? Was gibt's da so zu sehen?"

Ich verdrehte die Augen. „Nicht viel. Ihr seid nicht dabei."

„Frech." Kendrick schüttelte grinsend den Kopf.

Es war seltsam, wie normal sich das alles anfühlte.

Am Anfang war alles anders gewesen. Ich war allein. Und es war mir recht so gewesen. Doch dann war Beth aufgetaucht. Sie hatte sich neben mich gesetzt, ohne zu fragen, und angefangen zu reden. Nicht über mich. Über Bücher, über ihre Theorien, über Dinge, die sie bewegten.

Kendrick war anders. Er war lauter, witziger, aber genauso kaputt wie wir alle. Und so waren wir hier.

„Ich habe gehört, dass du Theater spielst", meinte Kendrick plötzlich. Ich blinzelte ihn an. „Woher weißt du das?" „Beth hat's erzählt. Und deine Audition!", fiel ihm ein. Ich warf ihr einen genervten Blick zu, aber sie zuckte nur mit den Schultern „Es ist doch nicht geheim, oder?"

„Nein…" Ich fuhr mir durch die Haare. „Aber es ist auch nichts Besonderes."

„Sag das den Leuten, die dich auf der Bühne sehen."

Ich schwieg.

Theater war… anders.

Auf der Bühne konnte ich jemand anderes sein. Jemand, der nicht mit einer Last auf den Schultern herumlief. Jemand, dessen Worte Bedeutung hatten.

„Hast du ein Stück?" Beth klappte ihr Buch zu und sah mich neugierig an. Ich nickte langsam. „Ja. Ein Projekt außerhalb der Akademie. Romeo und Julia."

„Klassiker." Kendrick lehnte sich zurück. „Bist du Romeo?"

„Wir werden es nach der Audition sehen"

Er grinste schief. „Natürlich bist du Romeo." Ich seufzte. „Was soll das heißen?"

„Na ja…" Er zuckte mit den Schultern. „Ein bisschen tragische Verzweiflung passt doch zu dir."

Beth stieß ihn mit dem Ellbogen an. „Hör auf." Aber ich lachte leise. „Wahrscheinlich hast du Recht."

Wir saßen einen Moment schweigend da. Der Wind wurde kühler, und die Laternen im Innenhof flackerten langsam an.   Beth spielte mit den Rändern ihres Buches. „Ich würde dich gern mal sehen. Auf der Bühne."

Ich sah sie an. Ihre Stimme war leise, fast unsicher. „Ja",

sagte Kendrick nachdenklich. „Ich auch." Ich wusste nicht, was ich darauf sagen sollte.

Niemand hatte mich je wirklich sehen wollen.

Kapitel 6

Erzähler

„Du bist viel zu steif", meinte Kendrick, als sie in einem der leeren Klassenzimmer probten. „Du musst Romeo *sein*, nicht nur spielen."

„Ach ja? Und was würdest du mir raten, großer Meister?" Emilio verschränkte die Arme.

Kendrick grinste herausfordernd. „Denk an jemanden, den du wirklich liebst. Stell dir vor, du würdest ihn verlieren."

Emilio schluckte. Sein Herz raste, warum auch immer. Kendrick trat einen Schritt näher.

Sein Blick war intensiv, fast so, als wollte er etwas sagen, dass er sich selbst nicht eingestehen konnte. Aber dann trat er zurück und fuhr sich durch die Haare.

„Vergiss es. Wir probieren es nochmal."

Die Nacht vor 2 Tagen, hat Kendrick und Emilio näher zusammengebracht. Und verändert. Beide waren sich unsicher mit ihren Gefühlen. Kendrick half dem jungen werden wollenden Schauspieler. Nicht nur das, Kendrick stellte sich gegen seine eigene Gruppe.

Kendrick lehnte sich gegen die Wand des Schulhofs, die Hände tief in den Taschen seiner Jacke vergraben. Die Stimmen seiner sogenannten „Freunde" hallten durch die Luft.

„Seit wann bist du so ein verdammter Heuchler, Kendrick?" rief Jaxon und spuckte auf den Boden. „Früher warst du nicht so ein Mitläufer." „Ja, echt jetzt", mischte sich Liam ein. „Du hast echt das Weichei-Gen entwickelt, oder? Seit wann hängst du mit solchen Leuten ab?" Sein Blick glitt abfällig über den Schulhof, dorthin, wo Emilio und Eloise standen.

Kendrick ließ die Worte einen Moment in sich einsinken. Früher hätte er etwas darauf erwidert. Früher hätte er sich verteidigt, hätte einen bissigen Spruch zurückgeschossen, um nicht angreifbar zu sein.

Aber heute?

Heute war ihm das egal.

Langsam richtete er sich auf, trat einen Schritt nach vorn. „Ihr versteht es einfach nicht, oder?" Seine Stimme war ruhig, aber in ihr lag eine gefährliche Kante. „Ich habe keine Lust mehr auf euren Scheiß. Ihr tut so, als wärt ihr irgendwer, aber in Wahrheit seid ihr nichts weiter als ein Haufen armseliger Feiglinge." Jaxon lachte trocken. „Oh wow, Kendrick, der große Moralapostel. Ist das dein neuer Look?"

Kendrick zuckte mit den Schultern. „Nenn es, wie du willst. Mir egal." Liam kniff die Augen zusammen. „Und wofür? Für ihn?" Er nickte in Emilios Richtung. „Den kaputten Typen, der eh bald verreckt?"

In einer Sekunde war Kendrick bei ihm. Er packte ihn am Kragen, zog ihn so nah zu sich, dass ihre Nasen fast einander berührten. „Sag. Das. Noch. Einmal."

Liam grinste, aber sein Blick flackerte. „Oh, hat's dich jetzt doch erwischt, hm? Erst sagst du, er ist dir egal, und jetzt willst du mich verprügeln, weil ich die Wahrheit sage?" Kendrick atmete schwer, sein Kiefer mahlte. Dann ließ er Liam abrupt los. „Weißt du was? Ihr seid es nicht wert."

Er drehte sich um und ging.

Einfach so. Keine Drohungen mehr, kein Kampf um Anerkennung, kein verzweifelter Versuch, in ihrer Welt mitzuspielen.

Sein Herz hämmerte, aber es fühlte sich nicht nach Angst an. Sondern nach Freiheit.

Als er die anderen hinter sich ließ, sah er Emilio und Beth vor sich. Emilio lehnte mit verschränkten Armen an der Mauer, ein schiefes Lächeln auf den Lippen. Beth betrachtete ihn mit diesem ruhigen, verständnisvollen Blick.

„Hatte ich schon erwähnt, dass du ein furchtbarer Schauspieler bist?" fragte Emilio trocken. „Dein Abgang war ja fast filmreif."

Kendrick schnaubte. „Halt die Klappe."

Aber er grinste. Denn zum ersten Mal war er nicht allein. Und das war das Einzige, was zählte.

„Das war echt gut, Kendrick", lobte ihn seine neue be-

kannte. Wenn er sie so nennen konnte. „Denkst du das?",
fragt er mit einem erotischen Blick. Beth rollte ihre Augen
und sah zu Emilio, der Kendrick wiederum auf den Hinterkopf schlug.

Wie soll ich mich denn wie Romeo fühlen? Was ist, wenn
ich nicht weiß, ob ich jemanden liebe?" verzweifelte Emilio
und sah Kendrick ratlos an. Er fuhr sich durch die Haare,
als könnte er damit die Gedanken in seinem Kopf ordnen,
aber es half nichts. Nichts ergab einen Sinn. Wie sollte er
sich in die Rolle eines Liebenden versetzen, wenn er selbst
nie wirklich verstanden hatte, was Liebe bedeutete? Kendrick musterte ihn mit ernstem Blick, bevor er mit einem
entschlossenen Schritt auf Emilio zuging und ihn an den
Schultern packte. „Hör mir zu", begann er mit fester
Stimme. „Willst du Schauspieler werden? Willst du deinen
Großeltern beweisen, dass sie mit allem falsch liegen?"
Emilio schluckte schwer, bevor er nickte. „Ja... natürlich."
„Dann tu alles dafür, dass du das schaffst! Es geht nicht
darum, ob du schon einmal jemanden geliebt hast. Es geht

darum, ob du es fühlen kannst, ob du es dir vorstellen kannst. Liebe ist nicht nur Romantik, sie ist Verlangen, Schmerz, Hoffnung, Verzweiflung. Romeo ist all das. Du musst es nur zulassen."

Emilio schaute kurz zur Seite, als würde er dort eine Antwort finden, doch sein Blick kehrte schnell zu Kendrick zurück. Durch seine Wimpern hindurch musterte er ihn vorsichtig, bevor er leise fragte: „Kannst du mir helfen? Ich verstehe das Ganze mit der Romantik nicht. Ich verstehe zurzeit gar nichts mehr"

Ein Lächeln huschte über Kendricks Lippen, eines, das fast zu selbstsicher wirkte. „Du fragst mich nach Hilfe? " Er verschränkte die Arme und sah Emilio herausfordernd an. Jeder wusste wie Kendrick bekannt für seine Nächtlichen Abendteuer war. „Aber gut, ich helfe dir."

Emilio atmete erleichtert aus, doch das Gefühl hielt nicht lange an. Kendrick kam näher, sein Blick prüfend, fast forschend. Irgendetwas an der Art, wie Kendrick ihn ansah, ließ Emilios Herz schneller schlagen.

Es war nicht unangenehm, aber es war neu, ungewohnt,

es verwirrte ihn.

Kendrick bemerkte Emilios gerötete Wangen und ließ seinen Blick über sein Gesicht wandern. Schließlich blieb er an seinen Lippen hängen. Sie waren sanft und leicht geöffnet, als wollte Emilio etwas sagen, sich aber nicht traute. Kendrick konnte seine Augen kaum davon abwenden.

Emilio merkte, wo Kendrick hinsah, und errötete noch mehr. „H-hör auf zu starren", murmelte er und drehte seinen Kopf weg.

Kendrick grinste und neigte leicht den Kopf. „Mache ich dich nervös?", fragte er mit einer Mischung aus Belustigung und Neugier.

Emilio schüttelte schnell den Kopf. „Natürlich nicht!", sagte er zu hastig, und Kendrick wusste, dass es gelogen war.

Ein amüsiertes Funkeln trat in Kendricks Augen. Er wollte wissen, wie weit er gehen konnte. Ohne nachzudenken hob er eine Hand und berührte sanft Emilios Kinn. Emilio zuckte zusammen, doch er zog sich nicht zurück. „Schau mich an, Emilio. Romeo fühlt.", flüsterte Kendrick. Seine

Stimme war weich, aber fordernd.

Langsam, fast zögernd, hob Emilio den Kopf. Ihre Blicke trafen sich. Es war ein stiller Moment, gefüllt mit unausgesprochenen Worten, mit Fragen, auf die keiner eine Antwort hatte. Kendrick konnte den schnellen Atem von Emilio spüren, seine Nervosität, sein inneres Chaos. Emilio und Kendrick schauten sich ein letztes Mal an, bevor Kendrick mit seiner einen Hand, die noch auf Emilios Schulter lag, seine Wange nahm und ihre Lippen vereinte. Der Kuss war wild und rau. Emilios leicht geöffnete Lippen verschafften Kendricks Zunge Eintritt, wo diese mit Emilios um Dominanz zu kämpfen schien. Die Berührung ließ Emilio in den Kuss stöhnen.

Beide Jungs wussten nicht, was über sie kam, aber es fühlte sich so gut an. Doch bevor einer von ihnen etwas sagen konnte, durchbrach das laute Klingeln eines Handys die Stille.

Beide zuckten zusammen. Kendrick ließ Emilios Kinn los und trat einen Schritt zurück. Emilio blinzelte verwirrt, als wäre er gerade aus einem Traum erwacht. Sein Herz hämmerte in seiner Brust, seine Hände zitterten leicht. Was war das gerade gewesen? Was hatte Kendrick da mit ihm gemacht? Was hatte er selbst zugelassen? Kendrick räusperte sich, bevor er zu seinem Handy griff und aufs Display schaute. Sein Gesichtsausdruck veränderte sich nicht, doch etwas in seinen Augen wirkte ernster. „Ich sollte rangehen", murmelte er und ging zur Tür.

Emilio blieb zurück, noch immer gefangen in dem Moment, der eben zwischen ihnen gewesen war. Sein Herz raste, seine Gedanken überschlugen sich. Was war das gerade gewesen? Und warum… warum wollte er, dass es noch einmal passierte?

Es war ein Fehler. Er mochte doch Beth, oder? An dem Tag kam Kendrick nicht in das Zimmer von ihm und Emilio. Er blieb weg, die ganze Nacht. Weder gab er Emilio noch Beth Bescheid. Also saß Emilio die ganze Nacht, Hell wach in seinem Zimmer. Morgen sei die Audition, das Vorspiel für den Romeo. Seine Chance, seine einzige Chance. Aber seine Gedanken machten ihm einen Strich durch die Rechnung. Er wollte schreiben, er wusste nicht was, er wollte schreien, weinen, doch das konnte er nicht. Er war Gefangen in seinen Gedanken. Wer weiß wie lange er einfach da saß, ins nichts schauend.

Jedoch ein Zettel, der unter seiner Tür geschoben wurde, nahm seine Aufmerksamkeit. Ein wenig verwirrt, wenn er das so nennen konnte, stand er auf und öffnete den zusammenfaltenden Zettel.

Treffe mich um, 20 Uhr in der Sternenwarte.

-Beth

Er tat was verlangt wurde. Ihm war es mehr recht aus dem Zimmer zu kommen, anstatt in Gedanken verfangenheit zu geraten. Emilio nahm sich eine warme Jacke, zog sich Schuhe an und lief los.

Kapitel 7

Emilio

„Guten Abend, Emilio", begrüßte mich meine kleine Freundin, nicht so erfreut. „Guten Abend, Beth", lächelte ich sie ein wenig an. Ich erzählte ihr alles. Alles was an dem Tag passiert war. Alles was ich Gefühlt und nicht verarbeitet hatte.

Ich sah sie an. Ihre grünen Augen waren ruhig, aber nicht wertend. Sie erwartete keine perfekte Antwort von mir. Sie wollte nur, dass ich ehrlich war.

„Und wenn es sich falsch anfühlt?" fragte ich leise.
Beth lehnte sich ein Stück näher zu mir. „Fühlt es sich denn falsch an?" Ich öffnete den Mund, um sofort „Ja" zu sagen, aber die Worte blieben mir im Hals stecken.
Denn die Wahrheit war: Nein. Es fühlte sich nicht falsch an. Es fühlte sich anders an. Es fühlte sich an, als würde mein Innerstes auf den Kopf gestellt, als würde jemand Türen aufstoßen, die ich vorher nicht einmal bemerkt hatte. „Ich weiß es nicht", murmelte ich schließlich.
„Dann finde es heraus." Sie klopfte mir leicht gegen die Stirn. „Aber nicht mit deinem Kopf. Sondern mit deinem

Herzen." Ich sah sie mit schmalen Augen an. „Wow. Sehr poetisch." Beth grinste. „Ich hab von dir gelernt."

Ich konnte nicht anders, als zu lächeln. Vielleicht hatte sie Recht.

Vielleicht war es an der Zeit, aufzuhören, alles zu analysieren und stattdessen einfach zu leben. Aber war das wirklich Leben, was ich hier machte?

„Beth, ich denke das alles bringt mich um.", mein Lächeln verschwand mit jedem Wort.

„Wenn ich hier raus könnte, wäre ich schon längst ein Schauspieler, ein Mensch der Wertgeschätzt wird. Ich wäre ich. Zurzeit mache ich alles falsch. Alles."

Unter dem bewölkten Sternenhimmel sitzend legte ich meinen Kopf auf ihre Schulter. Ich genoss jeden einzelnen Moment mit ihr. Sie ließ mich komplett fühlen. „Ich weiß nicht was ich tun soll, Beth." flüsterte ich nur noch, nicht in der Lage seiend lauter zu reden. „Du wolltest nie hier her, oder?", sie war ruhig. Sehr ruhig. „Niemals, Beth. Niemals.". Eine Träne rollte meine Wange entlang. Ich wollte nicht so denken, nicht jetzt. „Komm mit" , bat ich sie und stand auf. Ich atmete tief ein, als ich mich hinter dem dichten Gebüsch versteckte, meine Hand fest in Beths. Ihr Griff war fest, aber nicht ängstlich, und ich konnte spüren, wie ihr Puls unter meinen Fingern rasend schnell schlug. Wir hatten uns gerade noch rechtzeitig hinter den Büschen versteckt, als das Licht der Taschenlampe des Aufsichtspersonals über den Weg streifte. Mein Herz hämmerte in meiner Brust, und ich wagte kaum zu atmen. Eloise drückte sich eng an mich, ihr Atem warm an meinem Hals. Ich konnte den Duft ihres Shampoos riechen, eine Mischung aus Vanille und etwas Frischem, das mich an einen Frühlingsmorgen erinnerte. „Glaubst du, sie haben uns gesehen?", flüsterte sie, ihre Stimme kaum hörbar.

Ich schüttelte den Kopf, obwohl ich mir nicht sicher war. „Nein", hauchte ich zurück. „Aber wir sollten hier nicht zu lange bleiben." Das Licht der Taschenlampe verschwand langsam in der Ferne, und ich spürte, wie Eloise sich ein wenig entspannte. Sie zog sich vorsichtig von mir zurück, und ich konnte im schwachen Mondlicht sehen, wie sie mich ansah. Ihre Augen waren weit aufgerissen, aber sie lächelte. „Das war knapp", sagte sie leise.

Ich grinste. „Das macht es doch erst spannend, oder?"

Sie rollte mit den Augen, aber ihr Lächeln wurde breiter.

„Du bist verrückt, Emilio. Aber ich glaube, das mag ich an dir."

Ich spürte, wie mein Herz einen kleinen Sprung machte, und ich musste mich zwingen, nicht rot zu werden.

„Komm", sagte ich und nahm ihre Hand wieder. „Lass uns weitergehen, bevor sie zurückkommen."

Wir schlichen uns vorsichtig aus dem Gebüsch und huschten über den Rasen in Richtung Wald. Der Mond warf lange Schatten auf den Boden, und das Rascheln der Blätter unter unseren Füßen schien mir plötzlich viel zu laut. Aber wir schafften es unbemerkt, und bald waren wir zwischen den Bäumen, wo das Licht des Mondes nur noch in kleinen Flecken durch das dichte Blätterdach fiel. Eloise blieb stehen und sah sich um. „Wo gehen wir hin?", fragte sie.

Ich zuckte mit den Schultern. „Ich dachte, wir könnten einfach ein bisschen spazieren gehen. Vielleicht finden wir einen schönen Platz, um die Sterne zu sehen." Sie nickte, und wir gingen weiter, tiefer in den Wald hinein. „Aber du willst mich nicht umbringen?", lachte sie. Aus Spaß blieb ich ernst. „Wow, Emilio, wir kennen uns nun schon ein bisschen uns-", ich fing an zu lachen und wuschelte ihr durch die Haare. „hey!" Die Luft war kühler hier, und ich spürte, wie sich die Anspannung langsam aus meinem Körper löste. Eloise war still, aber ihre Anwesenheit war ungewöhnlich beruhigend.

Wir hatten uns in den letzten Wochen immer näher gekommen, und ich hatte das Gefühl, dass sie jemand war, der mich wirklich verstand. Jemand, der mich so akzeptierte, wie ich war.

Nach einer Weile kamen wir an eine kleine Lichtung, die von hohen Bäumen umgeben war. In der Mitte lag ein umgestürzter Baumstamm, und darüber breitete sich der Himmel aus, klar und voller Sterne. Ich blieb stehen und zeigte darauf. „Hier", sagte ich. „Das ist perfekt." Eloise sah sich um und lächelte. „Ja", stimmte sie zu. „Das ist wirklich schön."

Wir setzten uns auf den Baumstamm, und ich breitete die Decke aus, die ich mitgebracht hatte. Eloise ließ sich neben mir nieder, und wir lagen eine Weile einfach da, starrten in den Himmel und genossen die Stille. Der Wald um uns herum war still, nur das leise Rascheln der Blätter im Wind und das gelegentliche Zwitschern eines Vogels waren zu hören.

„Weißt du", begann ich schließlich, „ich liebe es, zu schauspielern. Es ist, als könnte ich für einen Moment jemand anderes sein. Jemand, der mutiger ist, oder verletzlicher, oder einfach… anders. Es ist, als würde ich in eine neue Haut schlüpfen und die Welt durch andere Augen sehen." Ich spürte, wie meine Stimme sich mit Begeisterung füllte, während ich sprach. Eloise drehte ihren Kopf zu mir, ein sanftes Lächeln auf den Lippen.

„Erzähl mir mehr", bat sie leise und lächelte mich an.

„Es ist wie Magie", fuhr ich fort. „Man steht auf der Bühne, und plötzlich bist du nicht mehr Emilio. Du bist ein König, ein Dieb, ein Liebender… und für diesen Moment fühlt es sich echt an. Als würden all diese Emotionen, all diese Geschichten, durch dich hindurchfließen. Es ist, als ob du die Welt für einen Augenblick anhalten und sie aus einer anderen Perspektive betrachten kannst. Als ich die Rolle des Romeo bekam, hatte ich wieder so ein Gefühl. Ein Gefühl zu etwas dazu zu gehören." Ich schwieg einen Moment und blickte hinauf zu den Sternen. „Manchmal frage ich mich, ob die Sterne auch Geschichten erzählen. Siehst du die da oben?" Ich zeigte auf ein paar helle Punkte, die ein Muster am Himmel bildeten.

Beth folgte meinem Blick. „Das ist Orion, oder?" Ich nickte. „Genau. Orion, der Jäger. Die Griechen sahen in ihm einen großen Krieger, der für immer am Himmel verewigt wurde. Aber weißt du, was ich daran mag? Jede Kultur sieht etwas anderes in diesen Sternen. Für die einen ist es ein Jäger, für die anderen ein Hirte, oder ein Boot. Es ist, als ob die Sterne eine Leinwand sind, und wir malen unsere Geschichten darauf." Eloise lächelte wieder, und ich spürte, wie ihre Hand sich leicht auf meinem Arm abstützte. „Das ist wunderschön", flüsterte sie. „Ich habe nie so darüber nachgedacht."

Ich spürte, wie mein Herz schneller schlug, nicht nur wegen der Nähe zu ihr, sondern auch, weil ich das Gefühl hatte, dass sie mich wirklich verstand. „Schauspielern ist ein bisschen wie diese Sterne", fuhr ich fort. „Du nimmst eine Rolle, und jeder sieht etwas anderes darin. Der eine sieht einen Helden, der andere einen Antihelden. Es liegt alles im Auge des Betrachters."

Wir schwiegen eine Weile, und ich genoss die Stille, die nur vom Rascheln des Grases im Wind unterbrochen wurde. Beth seufzte leise. „Ich wünschte, ich könnte so überzeugend sein wie du", sagte sie schließlich. „Ich würde mich nie trauen, auf einer Bühne zu stehen."

Ich drehte mich zu ihr und sah sie direkt an. „Du unterschätzt dich selbst, Beth. Jeder hat etwas, das ihn einzigartig macht. Du musst nicht auf einer Bühne stehen, um Geschichten zu erzählen. Manchmal reicht es, einfach da zu sein und zuzuhören. So wie du es jetzt tust."

Sie lächelte, und ich spürte, wie eine warme Welle der

Zuneigung durch mich floss. In diesem Moment, unter dem endlosen Sternenhimmel, fühlte ich mich so lebendig wie nie zuvor. Eloise drehte sich auf die Seite und stützte ihren Kopf auf ihre Hand. „Emilio", sagte sie leise, „warum hast du mich heute Abend mitgenommen?" Ich zögerte einen Moment, bevor ich antwortete. „Weil ich das Gefühl habe, dass du mich verstehst", sagte ich schließlich. „Und weil ich wollte, dass du siehst, wie schön die Welt sein kann, wenn man einfach mal aus dem Alltag ausbricht."

Sie nickte langsam, und ich sah, wie ihre Augen im Mondlicht glänzten. „Danke", flüsterte sie. „Das bedeutet mir viel."

Wir lagen wieder still da, und ich spürte, wie die Spannung zwischen uns wuchs. Ich wollte etwas sagen, etwas tun, aber ich wusste nicht genau was. Dann, ganz langsam, bewegte sich Beth näher zu mir. Ihr Gesicht war nur noch Zentimeter von meinem entfernt, und ich konnte ihren Atem auf meiner Haut spüren. „Emilio", flüsterte sie, und ich spürte, wie mein Herz in meiner Brust hämmerte.

„Ja?", hauchte ich zurück.

Sie schwieg einen Moment, und dann, ganz sanft, berührten ihre Lippen meine. Es war ein zarter, vorsichtiger Kuss, aber er fühlte sich an, als würde die Welt um uns herum verschwinden. Ich schloss die Augen und gab mich dem Moment hin, spürte, wie ihre Hand sich in meinem Haar verfing und wie ihr Körper sich an meinen schmiegte. Doch so schön es auch war, mir kam jemand anderen in den Kopf. Jemanden den ich da nicht haben wollte. Jedenfalls nicht in diesem Moment. Es war Kendrick der mich in meinen Gedanken Heimsuchte.

An dem Abend, kam Kendrick immer noch nicht in unser Zimmer.

Der nächste Tag.

Die Bühne war leer. Bis auf mich.

Ich stand in der Mitte des Raumes, das warme Licht der Scheinwerfer brannte auf meiner Haut, ließ Schatten über den Holzboden tanzen. Das Summen der Neonröhren war das Einzige, was ich hörte – für einen kurzen Moment jedenfalls. Mein Herz pochte laut in meinen Ohren, aber es war nicht das Zittern der Angst. Nein. Es war das Zittern eines Blattes im Wind, voller Leben, voller Bewegung, bereit zu fliegen. Vor mir saß die Jury. Drei Personen, streng, regungslos. Bewertend. Erwartend. Ich atmete tief ein, um die Stille nicht nur zu durchbrechen, sondern sie zu füllen, mit all dem, was ich war mit meinen Worten, meiner Stimme, meiner Geschichte. Dann hob ich den Kopf, richtete den Blick auf einen Punkt in der Ferne und ließ mich fallen.

In Romeo.

Meine Stimme war zuerst leise, kaum mehr als ein Hauch: "Mit sanftem Druck will ich die Sünde tilgen, die deine Lippen mir aufdrängten eben." Ich ließ meinen Blick an einer unsichtbaren Julia hängen, meine Finger streckten sich aus so sanft, als könnte ich sie wirklich berühren.

Doch da war nichts. Nur Luft. Doch in meinen Gedanken war da jemand. Ich wollte ihn da nicht haben. Doch ich konnte es nicht ändern.

Ich senkte meine Stimme und ließ sie tiefer werden, dringlicher: "Gibt mir mein frommer Mund nicht eine Wonne?"

Ich machte einen Schritt nach vorn, spürte, wie der Boden unter meinen Füßen nachgab, oder bildete ich mir das nur ein? Mein Atem bebte, als würden die Worte nicht nur gesprochen, sondern aus mir herausfließen, als wären sie ein Teil von mir.

Und dann, als hätte etwas in mir einen neuen Pfad gefunden, sprach ich weiter.

Nicht mehr nur Romeos Worte. Sondern meine. „Gibt es einen Moment im Leben eines Menschen, in dem er weiß, dass alles, was er jemals wollte, direkt vor ihm steht?" Ich machte eine Pause, ließ die Frage in der Luft hängen. „Und doch... dass er es niemals halten kann?" Mein Blick wanderte zu den Jurymitgliedern. Sie sahen mich an, aufmerksam, aber noch unbeweglich. „Liebe", fuhr ich fort, „ist nicht nur süß. Sie ist ein Schwert. Ein Versprechen und ein Fluch zugleich. Ein Funke im Dunkeln, der genau dann erlischt, wenn man ihn greifen will."

Ich spürte, wie sich meine Brust hob und senkte, als würde mein Körper mehr Luft brauchen, mehr Raum, um all das zu fassen. Dann wurde meine Stimme leiser. „Und doch… würde ich lieber einen Moment in wahrem Licht brennen, als ein Leben lang im Schatten zu stehen." Ich trat einen Schritt zurück. Mein Körper fühlte sich federleicht an. Mein Kopf war still, das erste Mal seit langer Zeit. Ich verbeugte mich. Wartete. Ein leises Räuspern. Dann: „Mein Gott", murmelte eine der Jurorinnen. Stille. Dann erhob sich einer von ihnen langsam von seinem Stuhl. Ein anderer lehnte sich nach vorne, seine Ellbogen auf den Tisch gestützt. Ich sah sie an. Und in diesem Moment wusste ich es.

Kapitel 8

Beth

„Ich hab sie bekommen! Ich hab sie bekommen!"

Die Tür flog auf, und Emilio stürmte ins Zimmer, völlig außer sich vor Freude. Seine Augen leuchteten, sein Atem ging schnell, und ein breites Grinsen lag auf seinen Lippen. Bevor ich überhaupt reagieren konnte, sprang er mit einem Satz auf mein Bett und hüpfte ausgelassen darauf herum. „ICH HABE ES GETAN! ICH HABE ES WIRKLICH GE-TAN!" schrie er. Die Matratze quietschte unter seinen wilden Bewegungen, doch das schien ihn nicht im Geringsten zu interessieren. Er hüpfte wie ein Irrer auf und ab, seine Hände wedelten durch die Luft, während seine Worte förmlich aus ihm herausplatzten. „Emilio?! Was zur Hölle?!" rief ich, völlig überrumpelt, doch ich konnte nicht anders, als von seiner Aufregung angesteckt zu werden.

„DU VERSTEHST NICHT!" brüllte er, während er weiterhin auf und ab sprang, als hätte er jegliche Kontrolle über seinen Körper verloren. „ES WAR – ES WAR – OH MEIN GOTT, ES WAR WILD! Ich bin da reingegangen, okay? Und mein Herz? Es hat GESCHLAGEN, so richtig BAM-

BAM-BAM-BAM!" Er trommelte sich dramatisch mit der Faust gegen die Brust, während ich versuchte, sein Gesichtsausdruck zu deuten, ein wilder Mix aus Euphorie, Erleichterung und purer Ungläubigkeit. „Und dann?" drängte ich, mittlerweile selbst aufgeregt.

„DANN!" Er sprang noch höher, als hätte er vergessen, dass die Schwerkraft existiert. „Dann stand ich da, mitten im Raum, vor diesen Leuten mit ihren CLIPBOARDS und ihren KRITISCHEN BLICKEN, und ich dachte: 'Okay, Emilio, das ist der Moment. ENTWEDER DU ROCKST DAS ODER DU SINKST WIE EIN STEIN!'" „Und?!" Ich rutschte auf dem Bett nach vorne, meine Hände umfassten die Bettdecke, als könnte sie mir Halt geben. „UND ICH HAB'S GEROCKT! VERDAMMT NOCHMAL, ICH HABE ES SO DERMAßEN GEROCKT! Ich hab mein Stück gemacht, und am Anfang dachte ich noch: 'Oh nein, ich klinge wie ein sterbendes Walross', ABER DANN, DANN HABE ICH ALLES VERGESSEN! Ich hab einfach GEFÜHLT! Und weißt du, was dann passiert ist?!"

Ich schüttelte hektisch den Kopf. „Was?!"

„SIE HABEN GEKLATSCHT! SIE HABEN MICH ANGE-
SEHEN UND GENICKT UND GELÄCHELT! Ich schwöre,
einer von ihnen hatte Tränen in den Augen! Oder vielleicht
war es eine Allergie, ABER DAS IST EGAL! ES WAR MA-
GISCH!" Ich konnte nicht mehr. Ich lachte laut auf, sprang
selbst auf mein Bett und packte ihn an den Schultern. „DU
HAST ES GESCHAFFT!" „ICH HABE ES GESCHAFFT!"
brüllte er zurück, und in unserer völligen Euphorie begann
er, sich im Kreis zu drehen, als hätte er jegliches Gefühl für
Raum und Zeit verloren.

„Was, wenn sie dich nehmen?" keuchte ich zwischen dem
Lachen. „WENN?!" Er hörte abrupt auf zu springen und
packte dramatisch mein Gesicht mit beiden Händen.
„Meine Liebe Beth, sie werden mich nehmen! ICH SPÜRE
ES IN MEINER SEELE!". Ein unkontrolliertes Lachen entwich mir. „Kannst du es glauben, Beth? Ich werde die Rolle meines Traumes spielen! Ich spiele den Romeo" Emilio
wollte schon immer diese Rolle. Die Rolle des bekannten

Romeo Montague.

„Na komm, setzt dich erst mal hin.", zärtlich nahm ich seinen Unterarm und setzte mich zusammen mit ihm auf mein Bett. „Oh mein Gott Emilio, Raus hier!", meine Zimmer Mitbewohnerin kam nur mit einem Handtuch umschlungen aus unserem kleinen privaten Badezimmer ins Zimmer. „Ich gehe ja schon", er rollte kurz aber übertrieben seine Augen und gab mir einen Kuss auf die Wange. Das war neu. Einen rötlichen Schimmer ließ sich auf seinen Wangen erkennen, als er realisiert hatte, was er da eigentlich gemacht hatte. „Entschuldigung" murmelte er leise und verließ noch mit einem kleinen Lächeln das Zimmer. „Was war das?! Beth Winehouse!", rief Katlynn empört und fing an zu kreischen.

„Er steht ja total auf dich, Beth! Ich wusste, dass da was ist. Aber so krass?". Augenverdrehend stand ich auf und lief ihm hinterher. Vielleicht wollte er das nicht, vielleicht doch. „Hey Emilio, warte!", der Junge blieb stehen, mich grinsend ansehend. „Ja?"

Sicht von Emilio

„Du siehst schrecklich aus", sagte sie leise.

„Danke für das Kompliment.". Mein Lächeln verschwand.

Sie hatte es gesehen. Und bemerkt.

Ich wusste nicht was es war, zu wenig gegessen, zu wenig Schlaf? Mir wurde schwindelig. Ein leises Pochen in meinem Kopf. Ich spürte betäubt, wie Beth meinen Arm nahm.

„Emilio … wann hast du das letzte Mal richtig geschlafen?" Ich wusste es nicht mehr. „Du hast dich völlig kaputt gemacht", sagte Beth leise, als sie mich umarmte.

„Ich weiß nicht, wovon du redest", murmelte ich. Die Umarmung war anders. Ich meine, ich hatte noch nie wirklich eine bekomme, doch diese war besonders. „Doch, das weißt du genau. Du setzt dich selbst unter Druck. Und Kendrick hilft dir nicht gerade dabei."

Ich zuckte zusammen. „Was soll das heißen?"

Sie legte den Kopf schief. „Ich meine nur … ich sehe, wie du dich in seiner Nähe veränderst. Emilio, bitte Such dir

Hilfe. ", sie holte einen zusammen geknüllten Zettel heraus und las ihn vor:

„Ein Baum im Winter, kahl und still,

Ein Blatt zittert noch, hält sich fest.

Der Wind flüstert sanft, der Himmel will,

Doch das Blatt bleibt, trotz allem Rest.

Ein Sonnenstrahl bricht durch die Wolken dicht,

Wärmt das Blatt, das einsam hängt.

Doch die Sonne weiß, was das Blatt nicht spricht:

Die Zeit ist nah, wo der Wind es fängt.

Das Blatt zittert, doch fällt es nicht,

Es hat sich selbst zum Kampf gezwungen.

Es weiß, auch wenn der Baum zerbricht,

Hat es doch einmal hoch gesungen. "

„Woher hast du diesen Zettel? Hat der wieder dein Noah rausgeholt?" , ich wurde wütend. Warum, warum tat mir das jeder an?

Selbst die Menschen, von denen ich dachte, dass sie mir nichts Böses wollen.

„Ich habe mir Sorgen gemacht, Emilio", sie nahm meinen Unterarm. „Sorgen? Ich bitte dich, Beth. Hör auf. Ich komme alleine klar!", ich riss ihr den Zettel aus der Hand, der sofort in zwei Teilte. „Wow", ich ließ meine Hälfte los und machte mich Augenblicklich auf dem Weg zu meinem Zimmer.

Der Tag war so schön, so erfüllend. Und dann kam das. Natürlich konnte kein Tag gut werden. Natürlich nicht.

Sicht von Beth.

Ich suchte nach Kendrick. Überall. „Kendrick?", er lag auf einer Bank im Innenhof unserer Schule. „Wir müssen reden" . In Wahrheit war das nicht der einzige Zettel den ich gefunden hatte. Es war sein Tagebuch was ich mit mir trug. Nicht nur in der Hand, sondern nun auch im Herzen.

Kapitel 9

Emilio

Wo ist dieses scheiß Buch, fragte ich mich. Mein ganzes Zimmer war durchgewühlt. Nichts zu finden. Gar nichts. Der Tag war inzwischen wieder Grau, die Luft stickig und schwer. Ich konnte den Regen schon riechen, der sich am Horizont zusammenbraute, doch das war nicht das Einzige, was mich erdrückte. Es war dieses dumpfe Gefühl in meiner Brust, das mich den ganzen Tag begleitete, als ob es kein Entkommen mehr gäbe. Es ist schlimmer geworden. Meine Gedanken rasten, unaufhörlich, unkontrollierbar. Wie hatte es nur so weit kommen können? Meine Zimmertüre ging einen Spalt offen und die Stimmen von Beth und Kendrick drangen zu mir herein.

Die Worte, die sie sagten, waren wie scharfe Messer, die sich in mein Herz gruben, selbst bevor sie den Raum betraten. „Du hast wirklich keine Ahnung, oder?" Kendricks Stimme war rau, die Wut kaum zu überhören.

„Ich weiß nicht, was du von mir erwartest! Du bist doch genauso ein Teil davon!" Beths Antwort war zornig, aber da war auch ein Hauch von Enttäuschung, den ich so gut kannte.

Sie öffneten die Tür und betrat das Zimmer.

Beide stoppten, drehten sich zu mir um. Beth sah mich an, ihre Augen weit, als hätte sie etwas Ungeheuerliches entdeckt. Kendrick stand da, seine Hände in den Hüften, sein Blick hart, wie ein Schlag ins Gesicht. „Was hast du gemacht, Emilio?", fragte er. Seine Stimme war kalt, aber da war auch eine Spur von Mitleid, was mir in diesem Moment fast mehr wehtat.

Ich saß da, wusste nicht, was ich sagen sollte.
Mein Blick fiel auf Beth. Sie hielt etwas in der Hand, einen kleinen Zettel, ein zerknittertes Stück Papier.

Ich wusste sofort, was es war. Sie hatte mein Tagebuch gefunden. „Du hast also wirklich geglaubt, du könntest all das geheim halten?" Beths Stimme war kaum ein Flüstern, aber sie traf mich wie ein Schlag. „Hast du jemals vorgehabt, mir zu vertrauen?"

„Beth, ich habe dir alles erzählt…" Ich wollte mehr sagen, aber meine Worte kamen nicht raus. Was konnte ich schon sagen? Sie hatte meine Geheimnisse gefunden, meine tiefsten Ängste, all die Gedanken, die ich nicht mit ihr teilen konnte. „Du hast mir nie erzählt, wie du dich wirklich fühlst", flüsterte sie, und ihre Augen füllten sich mit Tränen. „Du hast mir nie gesagt, wie sehr du wirklich kämpfst, wie sehr du am Ende bist…" Sie hielt das Papier noch fester in der Hand, und ich konnte sehen, wie sie versuchte, die Tränen zurückzuhalten. Doch es war zu spät. „Wusstest du, dass du mich mit deinem Schweigen genauso verletzt hast wie mit all den Dingen, die du nie gesagt hast?" Ich konnte nicht atmen.

Es fühlte sich an, als würde mir jemand die Luft abschnüren. Beth, die mir immer so nahe war, jetzt so weit entfernt, so verletzt. Und Kendrick… Kendrick war nicht besser. Sein Gesicht war hart, als ob er wütend auf mich war, und doch konnte ich die Enttäuschung in seinen Augen sehen.

„Weißt du, was das Schlimmste ist?", fragte Kendrick, und seine Worte trafen mich wie ein kalter Sturm.

„Du hast uns nie wirklich in dein Leben gelassen. Du hast

dich von uns entfernt, ohne es zu merken. Und jetzt sind wir hier, und du sitzt einfach nur da, als ob dir alles egal wäre." „Es tut mir leid", stammelte ich, doch die Worte klangen leer, wie eine leere Hülle. Was hatte ich getan? Warum hatte ich all das zugelassen? Beth schluckte und sah mich an, als ob sie etwas in mir suchte, das sie nie finden würde. „Du hast nie wirklich geglaubt, dass wir für dich da sind, oder? Du hast uns nie vertraut."

Und in diesem Moment wusste ich, dass es zu spät war. Zu spät, um die Kluft zu überbrücken, die ich selbst erschaffen hatte. Ich hatte all die Liebe und Unterstützung, die sie mir gegeben hat, als selbstverständlich angesehen, während ich in meinen eigenen Dämonen ertrank. „Ich... ich weiß nicht, was ich tun soll", sagte ich, meine Stimme brach. „Es fühlt sich an, als ob alles auseinanderfällt." „Weil du es zugelassen hast", antwortete Kendrick kalt. „Du bist der Einzige, der das stoppen kann." Ich saß da, stumm, unfähig, zu reagieren. Ich wollte schreien, wollte ihnen sagen, wie sehr es wehtat, wie sehr ich versuchte, die Kontrolle zu behalten, wie schwer es war, jeden Tag zu kämpfen. Aber keine Worte kamen. „Ich gehe", sagte Beth leise, und ich hörte, wie sie sich von mir abwandte. „Ich kann das nicht mehr, Emilio. Ich habe versucht dir zu Helfen. Doch du hast nie das gemacht, was ich dir gesagt habe. Du hast gelogen" Damit ging sie.

Ich war wütend, verzweifelt und noch vieles mehr. Mit was hatte ich gelogen? Ich saß einfach nur da, starrte auf Beth, die die Tür hinter sich schloss, als sie sich von mir abwandte. Die Worte von Kendrick hallten in meinem Kopf, doch sie machten keinen Sinn mehr. Alles war ein Wirrwarr aus Geräuschen, die sich vermischten und sich in meiner Brust zu einem schweren, drückenden Schmerz formten. Ich fühlte mich, als wäre ich von allem entfernt, von den Menschen, die mir einst nahe waren, von mir selbst.

„Ich gehe", hatte sie gesagt.

Und das war das Letzte, was sie mir noch schenkte. Keine Wut mehr, keine Hoffnung. Nur Stille. Nur dieser unausweichliche Schmerz. Ich blickte auf das Tagebuch in ihren

Händen. Das war es, was sie mir nie verziehen hatte, das war es, was uns alles genommen hatte. Meine Geheimnisse, meine Ängste, alles, was ich nie laut aussprechen konnte, lag nun in ihren Händen, und es war zu spät, es zu erklären. Es war zu spät, um irgendetwas zu retten. Kendrick stand immer noch da, beobachtete mich mit einer Mischung aus Enttäuschung und Wut, die mich zerbrach. Aber was konnte er tun? Was konnte *ich* tun? Ich hatte alles falsch gemacht, alles, was ich anpackte, zerbrach.

„Du bist der Einzige, der das stoppen kann", hatte Kendrick gesagt, und es fühlte sich an, als würde sein Vorwurf wie ein Schlag gegen meine Brust prallen. Ich wollte schreien, wollte ihm sagen, dass ich *es* auch nicht mehr wusste , wie man etwas stoppt, wenn alles von innen heraus verfault, wie ein Gebäude, das unter seiner eigenen Last zusammenbricht. Aber ich brachte keinen Laut heraus.

Mein Blick war gesenkt, als ob der Boden mir Halt geben könnte. Doch der Halt war nicht da. Ich setzte mich an den Rand meines Bettes, ließ mich langsam darauf sinken und fühlte, wie die Tränen, die ich so lange zurückgehalten hatte, sich in meinen Augen sammelten. „Warum?" flüsterte ich, und die Frage war an niemanden gerichtet, eher an das Universum. Warum hatte ich nie den Mut gehabt, zu ihnen zu stehen? Warum hatte ich mich immer weiter von ihnen entfernt, bis ich ihnen nichts mehr zu geben hatte?

Meine Brust zog sich zusammen, als ob ein unsichtbares Gewicht auf mir lag. Der Raum um mich herum schien sich zu verengen, die Wände rückten immer näher, der Luft wurde knapp. Ich konnte den Schmerz nicht mehr ertragen. Es war zu viel. Zu viele Fehler. Zu viele versäumte Chancen.

Dann, mit einem Mal, war es, als würde sich der Boden unter mir aufreißen. Die Tränen, die ich so lange zurückgehalten hatte, flossen jetzt in einem unaufhaltsamen Strom. Ich hatte es nie wirklich zugelassen, nie wirklich gespürt, wie sehr es mich zerstörte. Doch jetzt, in diesem Moment, brach alles auf einmal heraus. „Ich… ich bin so… so verdammt verloren", murmelte ich, die Worte waren kaum mehr als ein Flüstern, das in der Stille des Raums verhallte. Die Tränen tropften auf den Boden, und der Schmerz in meiner Brust wurde unerträglich. Ich legte meine Hände auf mein Gesicht und versuchte, die Tränen zurückzuhalten, doch es war zu spät. Ich hatte nie wirklich geglaubt, dass es so weit kommen würde.

Dass es einen Punkt geben würde, an dem es keine Rückkehr mehr gab. Aber jetzt war ich hier, am Abgrund, in der Dunkelheit, und die Welt um mich herum schien zu zerbrechen. Ich war das Blatt, dass nun mit dem Wind tanzte und langsam zur fall ging.

Ich hatte sie alle verloren.

Der Gedanke nagte an mir wie eine Wunde, die nie heilen würde. Und es war so, als ob ich mich selbst in diesem Moment verfluchte. Vielleicht war ich einfach nicht stark genug, um zu kämpfen. Vielleicht hatte ich nie wirklich gewollt, dass irgendjemand mich versteht.

Aber das zu begreifen, jetzt, in diesem Moment der völligen Verzweiflung, war wie ein finaler Schlag gegen das, was noch von mir übrig war. Ich fühlte mich, als ob mein Herz in tausend Stücke zerspringen würde. „Kendrick?", keine Antwort. „Kendrick?", ich sah von meinen Händen auf. „Was sollte das?". Er sah verwirrt an. „Was?".

Er wusste es nicht mehr. Natürlich nicht. Wie konnte er auch. „Der Kuss", in ihm schien etwas Klick zu machen… oder doch nicht? „Welcher Kuss?", was meinte er mit: *welcher Kuss* „Du verarschst mich doch", stellte ich ihm unter.

„Ich denke das hast du geträumt, Emilio" .

Er wusste es wirklich nicht.

Was passierte hier? Ich weiß nicht mehr, was real ist. Alles fühlt sich an, als würde ich durch dichten Nebel gehen, jeder Schritt schwerfällig, jeder Atemzug zittrig. Die Welt um mich herum verschwimmt. Stimmen, Gesichter, Berührungen. Habe ich das alles nur erfunden?

Ich sitze auf meinem Bett, die Wände meines Zimmers fühlten sich enger an als sonst. Die Uhr auf meinem

Schreibtisch tickt leise, aber ich kann den Klang kaum ertragen. Er hallt durch meinen Kopf, wird lauter mit jeder Sekunde. *Tick. Tick. Tick.*

Habe ich wirklich mit ihnen geredet? Waren sie wirklich da? Beth. Kendrick. Ihre Stimmen schwirren in meinem Kopf herum wie Blätter im Wind, mal sanft, mal wild. Ich erinnere mich an Beths Lachen, an ihre Worte, an die Art, wie sie mich angesehen hat. Und dann ist da Kendrick, seine Nähe, seine Berührungen. Aber war das echt?

War er echt?

Ich fahre mir mit den Händen durchs Haar, greife in meine Kopfhaut, als könnte ich so die Gedanken vertreiben, die sich wie Schlangen um mein Bewusstsein wickeln.

Ich stehe auf und gehe zum Spiegel, betrachte mein eigenes Gesicht. Blasse Haut, dunkle Augenringe. Meine Hände zittern, als ich mich an die Kante des Waschbeckens klammere. *Atme, Emilio. Atme.*

Aber mein Spiegelbild sieht mich anders an. Es ist nicht das Gesicht eines normalen Jungen. Es ist das Gesicht von jemandem, der langsam den Halt verliert.

Ich muss es überprüfen. Ich muss sicher sein.

Ich schnappe mir mein Handy und scrolle durch meine Nachrichten. Beth. Kendrick. Die Gespräche sind da, schwarz auf weiß. Aber als ich genauer hinschaue, verschwimmen die Worte. Sie rutschen von den Zeilen, als wären sie nie wirklich dort gewesen.

Ich blinzele, reibe mir die Augen. Die Nachrichten sind wieder normal. Aber waren sie es vorher auch?

Mein Atem geht schneller. Ich gehe durch meine Galerie, suche nach Bildern. Da ist eins von Beth und mir, lachend in der Cafeteria. Eines von Kendrick, der auf einem Stuhl sitzt, den Kopf in die Hand gestützt. Ich sollte mich beruhigen. Es gibt Beweise, oder nicht?

Aber was, wenn mein Kopf die Beweise selbst erschaffen hat? Ich drehe mich um, als hätte ich etwas gehört. Schritte? Nein. Nur mein eigenes Echo in diesem leeren Raum.

Ich muss raus hier.

Hastig schlüpfe ich in meine Schuhe, reiße die Tür auf und laufe den Flur entlang. Die Lichter flackern, oder bilde ich mir das nur ein? Mein Atem geht unregelmäßig, mein Herz hämmert gegen meine Brust. *Bleib ruhig, Emilio. Du verlierst nicht den Verstand.*

Ich erreiche die Treppe, steige sie hinunter, aber die Stufen fühlen sich anders an, als wären sie zu weich oder zu hart oder… nicht real.

Unten angekommen, stolpere ich beinahe in jemanden hinein.

„Hey, Emilio! Alles okay?"

Beth.

Sie steht vor mir, ihre Stirn besorgt in Falten gelegt. Ich sehe sie an, scanne ihr Gesicht nach etwas, irgendetwas, das mir beweist, dass sie echt ist.

„Sag mir, dass du real bist", flüstere ich.

Sie lacht unsicher. „Was?" Ich greife nach ihrem Arm.

Warm. Das ist echt, oder? Aber Wärme kann doch auch nur ein Produkt des Verstands sein.

„Emilio…. Was ist los?"

„Ich…" Ich kann es ihr nicht erklären. Ich kann ihr nicht sagen, dass ich nicht mehr weiß, ob sie wirklich existiert. Sie würde mich für verrückt halten.

  Bin ich verrückt? Ich zwinge ein Lächeln. „Ich bin nur müde." Sie sieht mich an, als würde sie mir nicht glauben, aber sie nickt schließlich.

  „Kommst du mit in die Cafeteria? Ich hab Kendrick schon geschrieben, er ist auch da."

Kendrick.

Mein Körper erstarrt. Ich will ihn sehen. Ich will wissen, ob er…

Aber was, wenn er nicht da ist?

Was, wenn er nie da war?

Meine Kehle ist trocken, als ich nicke. „Ja… ja, okay."

Beth geht voran, und ich folge ihr. Jeder Schritt fühlt sich
an, als würde ich mich weiter von der Realität entfernen,
anstatt ihr näherzukommen. Als wir die Cafeteria betreten,
sehe ich ihn.

Kendrick sitzt da, eine Hand auf dem Tisch, den Kopf
leicht geneigt, als hätte er Beths Nachricht schon erwartet.

Seine Augen treffen meine, und für einen Moment bleibt
meine Welt stehen. Da ist dieser Ausdruck in seinem Blick.
Fast… erleichtert?

„Da bist du ja", sagt er.

Meine Knie fühlen sich schwach an. Ich muss wissen, ob er
echt ist. Ich setze mich ihm gegenüber, spüre seinen Blick
auf mir, spüre Beth neben mir. Sie reden, irgendetwas über
den Unterricht, über den Tag. Ich höre ihre Stimmen, aber
ich kann mich nicht darauf konzentrieren.

Langsam, vorsichtig, greife ich nach Kendricks Hand.
Er blinzelt überrascht, aber er zieht sie nicht weg.

Er ist warm. Echt.

Oder?

Ich spüre meinen eigenen Puls in den Fingerspitzen, meinen eigenen Atem in meiner Kehle. „Emilio?" Kendrick sieht mich fragend an. Ich schlucke.

„Bist du echt?"

Stille.

Beth hört auf zu kauen. Kendrick runzelt die Stirn. „Was?"
Mein Griff an seiner Hand wird fester.
„Sag mir, dass du echt bist."
  Kendrick zieht langsam seine Hand zurück. „Emilio… natürlich bin ich echt. Was redest du da?"

„Beweis es mir."

Ich weiß nicht, was ich erwarte. Vielleicht, dass er lacht. Oder mich anschreit. Oder mich berührt und damit meine Zweifel vertreibt. Aber er sieht mich nur an. Lange.
„Ich weiß nicht, was du hören willst", sagt er schließlich.

Ich stehe abrupt auf.

„Emilio!" Beths Stimme ist besorgt.

Ich muss hier raus.

Ich renne durch die Gänge der Schule, meine Gedanken
überschlagen sich. Mein Herz rast, meine Lunge brennt.
Ich muss atmen, ich muss nachdenken, ich muss.

Ich komme in meinem Zimmer an, schlage die Tür hinter
mir zu. Ich greife nach meinem Notizbuch, reiße es auf.
Die Seiten sind leer.

Meine Hände zittern.

Aber… ich habe hier geschrieben. Ich habe alles hier aufgeschrieben.

Wo sind die Gedichte? Die Gedanken? Die Erinnerungen?
Ich schlage die Seiten um, aber nichts. Weiß. Leer. Ein kaltes Schaudern zieht sich über meine Wirbelsäule.

Ich reiße mein Handy hervor, will meine Nachrichten mit
Kendrick durchsehen.

Sie sind weg.

Mein Atem stockt.

Ich suche nach Bildern.

Keine.

Mein Magen dreht sich um. Ich renne zum Spiegel. Meine
Augen sind weit aufgerissen, meine Haut blass.
  Ich hebe meine Hand, berühre mein Gesicht. *Ich bin echt.*

Aber was, wenn es nur mein Verstand ist, der mir das
sagt?

Ich denke an Kendrick. Seine Stimme. Seine Berührungen.
Sein Blick. War das alles nur in meinem Kopf? Ich wanke
zurück, lasse mich auf den Boden sinken. Ich will schreien,
aber kein Ton kommt über meine Lippen. Werde ich verrückt?

Ab dem Moment war alles schwarz.

Die Bühne war in tiefes, blutrotes Licht getaucht. Die Hitze der Scheinwerfer lag schwer auf meiner Haut, doch ich spürte sie kaum. Ich war nicht mehr Emilio. Ich war Romeo.

Mein Atem ging schwer, meine Knie sanken in den kalten Bühnenboden, als ich mich über Julias reglosen Körper beugte.

Ihr Haar lag zerstreut auf den Kissen, ihr Gesicht war so friedlich, so still. Ich ließ meine Fingerspitzen über ihre Wange gleiten, ein letzter, vergänglicher Moment.

Meine Brust hob und senkte sich hektisch. Das Publikum hielt den Atem an. Die Worte kamen von selbst. Ich sprach sie nicht, ich fühlte sie.

„Hier will ich bleiben, hier will ich mein ewiges Lager nehmen…"

Meine Stimme bebte, meine Kehle war trocken, als ich das Fläschchen Gift aus meinem Umhang zog. Die Flüssigkeit darin glitzerte trügerisch im Licht, wie ein Versprechen, das nie gehalten wurde. Ich hob das Fläschchen an meine Lippen. Mein Herz pochte gegen meine Rippen, als würde es sich ein letztes Mal aufbäumen.

„Mit einem Kuss... sterbe ich."

Ich trank. Mein Körper wurde schwer.

Ich fühlte, wie meine Finger das Glas fallen ließen, hörte das dumpfe Klirren, als es auf den Bühnenboden traf. Ein Zittern durchlief mich, ich kippte zur Seite, meine Wange traf den kalten Steinboden.

Die Scheinwerfer flackerten.

Das Echo meines letzten Wortes hallte in der Luft nach.

Doch dann-

Etwas stimmte nicht.

Das Zittern wurde stärker. Das Licht, das Publikum, die Bühne sie verschwammen. Ich spürte, wie der Boden unter mir nachgab, wie mein Körper tiefer und tiefer sank.

Plötzlich war die Bühne fort. Die Dunkelheit verschluckte mich. Ich fiel. Es fühlte sich an wie fallen. Tief. Immer tiefer.

Meine Lungen brannten. Ich wollte atmen, wollte mich bewegen, doch ich war gefangen in diesem endlosen Nichts. Dann, ein Ruck. Meine Augen schlugen auf.

Mein Körper schnellte hoch, keuchend, schweißnass. Ich blinzelte. Mein Herz raste, mein Kopf pochte, als hätte jemand ihn mit einer Glocke umhüllt. Kein rotes Bühnenlicht. Kein Publikum. Kein Gift. Ich lag nicht auf der Bühne. Ich lag in meinem Bett.

Mein Zimmer war dunkel, das Mondlicht fiel durch die halb geschlossenen Vorhänge. Es war nur ein Traum.

Nur ein verdammt echter, erbarmungsloser Traum.

Ich dachte es wäre gut, ich dachte es wirklich.

Mühsam stand ich auf, alles drehte sich. Alles. Ein Blick auf meine Füße versicherte mir, dass ich stehen würde.

„Emilio?", diese Stimme. Die Stimme von Beth. Ich wollte antworten, aber ich konnte nicht. Es war so, als hätte ich verlernt zu sprechen.

„Mein Traum war nicht echt. Es war nicht echt."
Meine Stimme klang hohl, dachte ich, als hätte ich die Worte aus einem tiefen, dunklen Brunnen gezogen. Beth sah mich an, ihre Augen voller Sorge, und ohne zu zögern zog sie mich in ihre Arme. Ich spürte nichts. Rein gar nichts. Vielleicht dachte sie, sie könnte mich so zusammenhalten…

Aber das konnte sie nicht. Denken brachte sowieso nichts mehr. Es war sinnlos.

Mein Körper fühlte sich an wie Glas so dünn, rissig, bereit zu zerspringen. Ich wollte mich an die Realität klammern, wollte mir einreden, dass alles in Ordnung war, dass es nur ein Albtraum war, eine Bühne, ein Stück. Aber mein Herz glaubte es nicht. Es raste gegen meine Brust, als würde es mich warnen, als würde es gegen den Abgrund schlagen, der sich unter mir auftat.

Ich versuchte zu atmen. Ein. Aus. Doch es reichte nicht.

Beths Arme um mich wurden fester, aber sie fühlten sich fremd an. Weit entfernt. Ich war nicht mehr hier. Ich war immer noch auf der Bühne. Immer noch dort, wo ich gefallen war. Ich spürte den kalten Steinboden unter meinen Wangen, spürte das Gift, das meine Kehle hinuntergebrannt war, spürte das Echo meiner eigenen Stimme, die meinen Untergang besiegelte. „Emilio... es ist okay", flüsterte Beth. Ihre Stimme war weich, flehend.

Doch es war nicht okay.

Meine Brust zog sich zusammen. Mein Atem kam stoßweise. Ein dumpfes Pochen in meinem Kopf wurde lauter, dröhnender, als würde mein Schädel bersten. Meine Finger klammerten sich an den Stoff meines Shirts, als könnte ich mich damit hier halten. Es tat einfach weh.

„Es ist nicht echt...", murmelte ich, doch die Worte verloren ihre Bedeutung.

Meine Schultern begannen zu zittern. Erst kaum merklich, dann stärker, unkontrollierbar. Die Tränen brannten in meinen Augen, aber ich versuchte, sie zurückzuhalten. Ich durfte nicht weinen. Ich durfte nicht zusammenbrechen.
 Doch dann riss etwas in mir.
Ein lautes, ersticktes Schluchzen brach aus meiner Kehle, und mit ihm eine Flut, die ich nicht mehr aufhalten konnte. Meine Hände verkrampften sich, meine Brust zog sich schmerzhaft zusammen, während die Tränen unaufhaltsam meine Wangen hinunterliefen.

Ich konnte nicht aufhören. Es war dieser Schmerz in meinem Herzen.

Es war, als hätte sich alles, was ich je zurückgehalten hatte, in diesem Moment gelöst , als würden all die unausgesprochenen Worte, all die Ängste, all die dunklen Gedanken endlich ihren Weg nach draußen finden.

Ich wimmerte, würgte an meiner eigenen Luft, während mein Körper bebte. Ich presste meine Hände gegen mein Gesicht, als könnte ich mich vor meiner eigenen Schwäche verstecken. Doch Beth ließ mich nicht los. Sie hielt mich, auch als ich bereits in mich zusammengesackt war, als meine Knie nachgaben und ich auf dem Boden landete, als die Tränen unaufhörlich meine Haut durchnässten. „Ich kann nicht mehr", flüsterte ich zwischen den Schluchzern hindurch. Meine Stimme klang brüchig, leer. „Beth... ich kann nicht mehr." Ich sah sie an, ihre großen, ängstlichen Augen verschwommen durch meine Tränen. Sie schüttelte den Kopf, ihre Lippen bebten, als wollte sie etwas sagen, etwas, das mich zurückhalten konnte, mich retten konnte.

Aber es gab nichts mehr zu retten.

Ein dumpfes Rauschen setzte ein, übertönte ihre Stimme. Meine eigene Atmung wurde schwerer, langsamer. Es war, als würde alles um mich herum verblassen.

Ich war müde.

So verdammt müde.

Ich stand auf, meine letzten Schritte. Beth krallte sich an mich fest. Ob es weh tat? Ich weiß es nicht.

Ich lief. Ich lief nach draußen, in den Gang. Das letzte mal.

Es fühlte sich an wie Stunden, die vergingen, bis ich da war. Die Treppenstufen erschwerten mir den Weg, der sowieso nicht leicht war. Nur noch ein paar Schritte.

Es hatte geschneit. Das gedämpfte Geräusch meiner Füße auf den Schnee auftretend, ohne Schuhe zu bemerkten, ließen meine Gedanken für einen kurzen Moment leise werden.

Er war schön.

War mein Gedanke.

Es war Still.

So ruhig.

Beth stand hinter mir. Sie wollte mich aufhalten, doch sie wusste, dass es das richtige war. Sie wusste, dass sie mich loslassen musste. Doch dann, noch jemand trat auf. Direkt neben ihr.

Ich stand da, vor den Abgrund stehend. Hinabsehend. „Emilio! Nein!", die zerreisende Stimme meines Mitbewohner holte mich raus. Ich drehte mich um. „Danke"

Der Wind war kalt. Er strich über meine Haut, zerrte an meinen Haaren, flüsterte mir zu, als wollte er mich warnen. Doch es war zu spät für Warnungen. Zu spät für Zweifel.

Ich stand an der Kante des Akademie-Dachs, die Zehenspitzen schon weit über den Rand hinaus. Unter mir breitete sich die Stadt aus, ein endloses Meer aus Lichtern, flackernd und lebendig, als hätte sie nichts mit mir zu tun. Autos rasten durch die Straßen wie Adern eines pulsierenden Körpers, Menschen eilten umher, in ihrer eigenen Welt gefangen, nichtsahnend, dass ich hier oben stand.

Die Nacht war klar. Tiefschwarz mit verstreuten Sternen, die in der Ferne glitzerten. Ich hob den Kopf, betrachtete den Himmel.

So weit. So unerreichbar.

Ich atmete tief ein. Mein Brustkorb hob sich ein letztes Mal, als könnte ich all die Luft dieser Welt in mich aufnehmen, als könnte ich mich damit füllen, bevor ich sie für immer verliere.

Meine Finger waren kalt. Meine Schultern schwer.

Ich hatte immer gedacht, dass dieser Moment beängstigend sein würde. Dass ich es mir in letzter Sekunde anders überlegen würde. Dass mein Körper sich weigern würde, loszulassen.

Aber ich fühlte nichts. Keine Angst. Kein Bedauern.

Nur eine tiefe, absolute Müdigkeit.

Ich lehnte mich nach hinten.

131

Die Schwerkraft ergriff mich sofort, zog mich in ihre kalten Arme.

Der Himmel über mir weitete sich, die Sterne wurden größer, heller, als würden sie auf mich herabsehen. Ich ließ mich fallen, langsam, ruhig, als hätte ich mich nie anders bewegen sollen. Der Wind schlug mir ins Gesicht, riss an meiner Kleidung, füllte meine Ohren mit einem tosenden Rauschen. Ich konnte nichts mehr hören außer diesem dumpfen, pochenden Lärm. Mein Magen zog sich zusammen, mein Körper wurde leicht, schwerelos, als würde ich tatsächlich fliegen.

Dann kamen die Erinnerungen.

Ich sah mich als Kind, rennend über eine grüne Wiese, das Lachen meiner Mutter in der Luft. Ich hörte ihre Stimme, spürte ihre Arme um mich, den Duft ihres Parfums, als sie mich hochhob und mit mir im Kreis drehte.

Ich sah die Bühne, das gleißende Licht, das mich umhüllte. Spürte das Zittern in meinen Fingern, die Aufregung, das pure, wilde Adrenalin, wenn ich die ersten Worte sprach. Den Moment, in dem das Publikum verstummte, weil sie mir zuhörten.

Ich sah mich. Lächelnd. Lachend. Lebendig.

Für einen Moment fühlte ich es.

Die Wärme. Die Liebe.

Die Schönheit des Lebens.

Und dann-

Dann war es weg.

Die Gesichter verschwanden. Das Licht erlosch. Die Stimmen verstummten. Die Realität holte mich ein.

Der Boden kam näher. Viel zu schnell.

Mein Herz raste, meine Finger krampften sich in die Luft, als könnte ich mich noch an etwas festhalten, mich noch retten, mich noch zurückziehen. Ich wollte schreien. Doch meine Stimme war fort. Ein Schrei hallte durch die Nacht. Vielleicht meiner. Vielleicht nur das Echo meines Sturzes.

Dann nichts mehr.

....

....

Kapitel 10

Erzähler

Er war weg. Einfach weg. Herzzerreißende schreie prägten die Nacht. Beth rannte. Ihre Beine drohten nachzugeben, doch sie zwang sich weiter. Ihr Atem war ein einziges Schluchzen, ihre Sicht verschwommen von Tränen. Das Blut rauschte in ihren Ohren, übertönte alles – bis auf das Echo seines Falls. Sie stolperte, fiel fast, fing sich in letzter Sekunde ab. Und dann war sie da.

Am Rand des Dachs.

Ihr Blick suchte den Boden. Suchte ihn. Doch als sie ihn fand, erstarrte sie.

Emilio lag dort unten, reglos. Seine Glieder waren unnatürlich verdreht, sein Gesicht nicht mehr zu erkennen. Blut breitete sich langsam um ihn aus, ein dunkler Schatten auf dem grauen Beton.

Beths Magen zog sich zusammen, und für einen Moment konnte sie nicht atmen.

Nein. Nein, das kann nicht sein.

Sie wollte schreien, wollte nach unten rennen, wollte ihn berühren, ihn rütteln, ihn wecken.

Doch da war nichts mehr zu wecken.

Hinter ihr schlugen Schritte auf. Kendrick. Sein Atem ging schwer, als er abrupt neben ihr zum Stehen kam.

Er sah nach unten und alles in ihm erstarrte.

Seine Lippen zitterten. Seine Finger krallten sich in seine Haare, während sein Brustkorb sich hektisch hob und senkte.

„Verdammt, Beth!" Seine Stimme brach. „Warum hast du ihn nicht— nicht aufgehalten?!"

Seine Augen waren voller Wut, voller Schmerz.

Ein wilder, hoffnungsloser Funke darin, als glaubte er, dass es noch nicht real war. Beth schluchzte. Ihre Finger gruben sich in den Rand des Daches, ihre Knie drohten nachzugeben.

„Ich… ich konnte nicht… Ich hab's versucht…" Ihre Stimme war kaum mehr als ein Flüstern. „Aber er war schon weg. Schon bevor er fiel…"

Kendrick taumelte einen Schritt zurück, raufte sich die Haare, trat gegen eine Metallstange, als könnte er den

Schmerz aus seinem Körper prügeln. „Scheiße! Scheiße, verdammt noch mal!"

Er drehte sich abrupt um, als wolle er sich abwenden, als könne er es nicht ertragen. Doch er konnte nicht weglaufen. Keiner von ihnen konnte das.

Der Wind riss an Beth, an ihren Kleidern, an ihren Haaren, aber sie spürte nichts davon.

Plötzlich ertönten Rufe. Unten auf der Straße hatten Menschen ihn entdeckt. Ein Mann schrie etwas, jemand anderes rief nach Hilfe. Blaulicht flackerte in der Ferne.

Beth machte einen Schritt zurück.

„Kendrick…", flüsterte sie.

Doch er reagierte nicht. Seine Hände bedeckten sein Gesicht, seine Schultern bebten, als er gegen die Wand lehnte.

„Er ist weg." Beths Stimme brach in der kalten Luft. „Er ist wirklich weg."

Der Himmel war grau. Nicht das melancholische Grau eines verhangenen Morgens, sondern das leblose, dumpfe Grau, das schwer über der Erde hing wie eine zweite Decke aus Stein. Kein Wind, kein Regen, nur Stille, als hätte die Welt für einen Moment den Atem angehalten.

Die Menschen standen in einer Reihe vor dem offenen Grab, in dunkler Kleidung, die wie Schatten in der reglosen Luft hing. Die Stille zwischen ihnen war laut, lauter als jedes Schluchzen, lauter als die Worte des Priesters, der mit monotoner Stimme Verse sprach, die sich wie hohle Versprechen anfühlten. Beth stand ganz vorn, direkt am Rand des Grabes. Ihre Hände waren zu Fäusten geballt, die Fingernägel gruben sich tief in ihre Handflächen, als könne der Schmerz in ihrem Fleisch den in ihrer Brust überdecken. Aber es funktionierte nicht.

Nichts funktionierte mehr.

Kendrick stand neben ihr, die Schultern angespannt, als trüge er die gesamte Last des Tages auf seinem Rücken. Seine Kiefermuskeln zuckten, und obwohl seine Hände locker an seinen Seiten hingen, war Beth sich sicher, dass sie in Wahrheit zitterten. Niemand sprach.

Niemand konnte die richtigen Worte finden.

Der Sarg war aus dunklem Holz, schlicht, keine Verzierungen, keine Gravuren. Beth hatte das Gefühl, dass Emilio es so gewollt hätte. Kein unnötiger Prunk, keine falschen Worte über ein erfülltes Leben, das er nie gehabt hatte.

Der Priester sprach weiter, aber Beth hörte nicht zu. Ihr Blick war auf den Boden gerichtet, auf die feuchte Erde, die bald auf den Sarg geworfen werden würde.

Sie biss sich auf die Innenseite der Wange, um sich daran zu erinnern, dass sie noch hier war, dass sie noch atmete , im Gegensatz zu ihm.

Er sollte nicht dort unten sein.

Irgendjemand schluchzte leise. Eine Frau aus dem Publikum. Beth wusste nicht, wer sie war. Kannte diese Menschen nicht. Die meisten waren Fremde, Menschen, die Emilio vielleicht einmal flüchtig gekannt hatte, Menschen, die nun so taten, als hätte sein Tod eine Lücke in ihrem Leben hinterlassen. Wahrscheinlich bekannte seiner Großeltern.

Aber das war eine Lüge.

Die einzige Lücke war in ihr.

Und in Kendrick.

Beth wagte einen kurzen Blick zu ihm, nur für eine Sekunde. Sein Gesicht war wie aus Stein gemeißelt, sein Blick fest auf das Grab gerichtet, aber sie wusste, dass er in Wirklichkeit nicht hier war. Dass er irgendwo anders war, vielleicht in dem Moment, als Emilio gefallen war, vielleicht in dem Augenblick, als es zu spät war, ihn noch zu retten.

Dann kam der Moment, vor dem sie sich gefürchtet hatte. Jemand trat vor und warf die erste Handvoll Erde auf den Sarg. Das dumpfe Geräusch, als die Erde auf das Holz prallte, ließ Beths Magen zusammenziehen. Dann war die nächste Person an der Reihe.

Und die nächste.

Und die nächste.

Schließlich griff auch Beth mit zitternden Fingern nach der kalten Erde. Sie ließ sie langsam in das Grab rieseln und spürte, wie etwas in ihr zerbrach. Ihre Beine fühlten sich plötzlich zu schwach an, als könnten sie das Gewicht der Trauer nicht länger tragen.

Sie konnte nicht einmal sagen, wann es vorbei war. Wann sich die Menschen langsam zurückzogen, wann das Murmeln wieder einsetzte, wann Kendrick sich neben sie stellte und leise sagte: „Lass uns gehen."

Er legte eine Hand auf ihren Rücken, eine sanfte, aber bestimmte Geste, als wolle er sie stützen, falls ihre Beine doch noch nachgaben.

Beth nickte schwach.

Sie verließen den Friedhof, aber nicht zusammen mit den anderen. Sie gingen einen anderen Weg, durch den Park, wo die Bäume ihre kahlen Äste in den Himmel reckten. Kein Vogel sang. Nach einer Weile blieben sie stehen. Es war Kendrick, der als Erster das Schweigen brach.

„Ich hasse ihn." Seine Stimme war rau.

Beth blinzelte überrascht, doch als sie sein Gesicht sah, erkannte sie, dass es nicht die Wahrheit war. „Nein, das tust du nicht", sagte sie leise.

Kendrick presste die Lippen zusammen, seine Finger gruben sich in den Stoff seiner Jacke. „Ich hasse, was er getan hat. Ich hasse, dass er gegangen ist."

Beth sagte nichts.

„Warum hat er es getan?", flüsterte Kendrick. Beth schüttelte den Kopf. „Ich weiß es nicht." Sie wusste es wirklich nicht. Und das war das Schlimmste. Einige Minuten vergingen. Dann griff Beth langsam in ihre Tasche. Ihre Finger berührten das zerknitterte Papier, das sie dort aufbewahrt hatte, seit sie es gefunden hatte. Ein Brief. Emilios Handschrift war auf dem Umschlag.

*An **Beth**.*

*An **Kendrick**.*

Sie schluckte schwer und zog ihn heraus. Kendrick sah sie an, seine Augen misstrauisch, als hätte er Angst, was in diesem Brief stehen könnte.

„Ich… Ich habe ihn in seinen Sachen gefunden", sagte Beth leise. Kendrick nickte stumm. Beth öffnete den Umschlag. Sie zog das Papier heraus, entfaltete es mit zitternden Händen. Dann begann sie zu lesen.

Liebe Beth, lieber Kendrick,

Ich weiß nicht, ob ihr diesen Brief je lesen werdet. Oder ob es überhaupt eine Rolle spielt. Ich bin müde. Ich war es schon lange. Aber das habt ihr bestimmt gewusst. Ihr habt mich gesehen, selbst als ich versucht habe, unsichtbar zu sein.
Ihr wart meine Familie. Die einzigen, die mich wirklich gesehen haben. Die einzigen, die mich vielleicht hätten retten können, wenn es denn etwas gegeben hätte, das zu retten war.

Es tut mir leid.

Es tut mir leid, dass ich euch das antue.

Es tut mir leid, dass ich nicht stärker war.

Ich habe den Romeo gespielt.

Ich meine nicht nur in diesem Stück. Ich meine, ich habe ihn wirklich gespielt, mein ganzes Leben lang. Ich habe mich in Rollen geflüchtet, habe Sätze gesagt, die nicht meine eigenen waren. Ich habe gelebt, als wäre es eine Bühne, weil ich nicht wusste, wie ich anders existieren sollte. Aber in all dem… wart ihr echt. Ihr wart das Einzige, das nicht gespielt war.
Und dafür danke ich euch.
Ich hoffe, dass ihr nicht denselben Fehler macht wie ich.

Liebt, als würdet ihr nie fallen.

Lebt, als würdet ihr nie sterben.

Euer Emilio.

Als Beth aufblickte, liefen Tränen über ihr Gesicht. Kendrick hatte den Kopf gesenkt. Seine Schultern bebten.

Sie faltete den Brief langsam wieder zusammen und hielt ihn fest.

Dann schloss sie die Augen und ließ ihn los.

Der Wind riss das Papier mit sich, trug es fort, höher und höher, bis es nur noch ein kleiner, weißer Fleck am grauen Himmel

Doch die Frage ist, wie viel kann ein Herz wirklich tragen?

To be continued…

Weitere Bücher von Samina Rheins-

berg:

Meine geliebte Ellie….

Eloise scheint ihr letztes Jahr auf ihrer High School richtig zu genießen, sie hat viele Freunde und gehört zu den Populären Mädchen der High School, bis sie auf Jace trifft, der ihr alles im Kopf verdreht. Jace, der neue Junge auf der High School. *Niemand* will was mit ihm zu tun haben, sowie er auch nicht allzu enge Freundschaften bilden möchte, denn er leidet an Leukämie. Doch Eloise ist dies egal, sie will ihn näher kennen und lieben lesnen, schafft sie dies... eine berührende Romanze.

A Vice Of Stars And Mistakes Antonio Martínez wollte sterben, doch ein Mensch in seinem Leben hielt ihn ab. Ein Mensch, von dem er dachte, dass er ihn niemals sehen würde. Von dem er dachte, dass er ihm unwichtig wäre. Kilian Bexley wollte aus dieser Gruppe raus. Er hatte es satt einer der Coolen und Mobber von Antonio zu sein. Doch dies, gefällt seiner Gruppe nicht...Dieses Buch ist leider keine reine Fiktion, und besteht zum Teil aus wahren Ereignissen

Ein großes Dankeschön an meine Familie, an meinen Freund und an meine Freunde, die mich unterstützt haben! Vor allem geht dieser Dank auch an das BoD Team!